AF276326

León

León

Sonya Walger

Traducción de Esther Cruz Santaella

MUÑECA INFINITA

Título original: *Lion*
© Sonya Walger, 2025
Publicado por acuerdo con The Foreign Office Agència Literària, S. L. y THE PARK LITERARY GROUP, LLC d/b/a Park & Fine Literary and Media

Primera edición en Muñeca Infinita: mayo de 2025

© Muñeca Rusa Editorial, S. L. U., 2025
Calle del Barco, 40, 3.º D ext.
28004 Madrid
editorial@munecainfinita.com
www.munecainfinita.com

© de la traducción: Esther Cruz Santaella, 2025

Diseño de colección y cubierta: Juan Pablo Cambariere
Maquetación: Carmen Itamad
Edición y corrección: Esther Aizpuru

ISBN: 978-84-129772-2-6

Código BIC: FA
Impresión: Kadmos

Depósito legal: M-9889-2025

Impreso en España

Para Billie y Jake

Leona

¡Qué duro es ser quien se quedaba! Quien guardaba las pasas sin los frutos secos, quien limpiaba el pintalabios en la taza de la profesora de piano, quien envolvía los adornos de Navidad con papel, quien lavaba las sábanas, contenía la sangre, obviaba las mentiras y los portazos, arrancaba las pegatinas de las paredes, discutía por el protector solar y los modales a la mesa, hacía las camas, quitaba los piojos con el peine, grapaba los dobladillos y luego los cosía, daba besos a los amigos, entablaba amistad con los amantes, devolvía los libros, prestaba el coche, la casa, la chaqueta vaquera con el forro Liberty, quitaba los piojos con el peine, escuchaba la cinta de cuentos atascada en la radio del coche, sujetaba el pelo para vomitar en el váter, pagaba los estudios, pagaba al entrenador de tenis, pagaba el billete del avión, quitaba los piojos con el peine, empujaba el columpio, emparejaba los calcetines, consentía el tabaco, prohibía las groserías, llenaba el maletero, renovaba los pasaportes, enseñaba un segundo idioma, recitaba el alfabeto, batía el helado, compraba los sujetadores, el walkman, el vestido de boda, memorizaba los nombres y no los olvidaba nunca, compartía el crucigrama, la toalla, el chicle mascado. Quien no se extraviaba, quien siempre estaba donde yo la había dejado, quien nunca decía ni una palabra en contra de él, quien firmaba las tarjetas de cumpleaños por él, mentía por él, quien crio a un ser humano por él.

Y aquí estoy yo, escribiendo un libro sobre quien se iba.

Para ella, esto es una traición, eso me dice. Ella hizo todo lo que pudo, me dice. Le contesto que sí, que lo hizo, y que para bien o para mal este libro no va sobre ella. Nadie puede ser padre y madre. Le digo que mi relato no es una medida de su fracaso, ni del fracaso de nadie. Que esto es un libro sobre el amor.

Mi madre me dice que no va a leerlo jamás.

Yo voy a escribirlo de todos modos.

Sin ella, no estaría aquí.

Papá Noel

Mañana mi hijo cumple seis años y, cinco días después, mi hija cumple ocho. Eso significa que todos los años, durante cinco días, tengo dos hijos que solo se llevan un año. Esos cinco días resultan extrañamente reconfortantes; dicha cifra valida de algún modo lo duro que fue todo en los primeros años, lo indeciblemente agotador de tener a dos críos en pañales, a dos críos en la cuna, a dos críos llorando de noche. Para ellos esta cercanía en edad significa una semana de competición absoluta basada en comparar regalos de cumpleaños, fiestas, tarjetas, amor. La familia entera se sume en la angustia. Cuando se acaba es un alivio para todos. Esta mañana estábamos de nuevo juntos delante del frigorífico, mirando fijamente las páginas del mes de febrero. Cada uno de mis hijos tiene un calendario propio que puede decorar y profanar. Mi hijo varón necesita una explicación más a fondo sobre la diferencia entre la fiesta de cumpleaños y el cumpleaños real. La fiesta consistirá en dos amigos previamente sometidos a un test de covid que se subirán a un castillo inflable enorme que mi marido ha encontrado en Internet, jugarán con Legos al aire libre y se comerán una tarta de *La guerra de las galaxias* sentados a dos metros de distancia. Inundaremos a mi hijo con regalos para mitigar la falta de amistades, familia y celebración.

Pero hoy los niños están revoltosos, expectantes, agotados de recorrer el día con tanta lentitud. El castillo hinchable, de unas dimensiones inabarcables, resplandece en el jardín. Es una pista de obstáculos, con un tobogán altísimo y columnas para trepar. Es más grande que nuestra casa y los niños parecen perdidos en su enormidad. Domina el jardín con una soledad obscena, eclipsando el diminuto cerezo lleno de brotes, como si sirviese únicamente para amplificar el resto de carencias del día. Voy a recoger la tarta de mi hijo. Es gris con rayas blancas, pequeña como un casco, de lo más desoladora. Me siento desinflada. Recuerdo que se supone que debo llenarla con figuritas de Lego de plástico, que esa cobertura es solo un telón de fondo, que la encargué así. En cierto modo, me resulta profundamente alegórico, pero estoy demasiado cansada para ahondar en ello. Conduzco hasta casa, anestesiada, escuchando un *pódcast* de meditación. La presentadora tiene una voz hipnótica. Habla sobre la vida consciente. Habla sobre el trance de vivir a toda velocidad y cómo eso nos impide habitar nuestro cuerpo en el aquí y el ahora. Me pregunto de cuándo será este episodio. ¿Quién vive a toda velocidad ahora mismo? Yo vivo arrastrando los pies, deslumbrada por el sol.

Tengo cinco, seis y siete años. Paso casi todos los fines de semana con mi abuela. Su casa es blanca y tiene un camino de acceso que cruje y hay habitaciones suficientes para toda la familia. El sofá es de peluche, de un rosa remolacha intenso con gruesas borlas doradas. Mi abuelo es feroz. Guarda la dentadura en un vaso, ve el críquet conmigo en su regazo y refunfuña cuando le pido que ponga los teleñecos. La casa de mi abuela es la casa a la que va todo el mundo. En verano huele a pelotas de tenis, a ensalada de frutas con algo de alcohol y al suave aroma de los guisantes de olor. El invierno son pinos y frío y hay ramitas de acebo encima de todos y cada uno de los cuadros del largo pasillo. Al subir las escaleras, una piel de tigre cubre toda la pared, y bajo los escalones está el baño helado con la ventanita de cristal por la que una vez entró el jardinero para ayudarme porque me quedé encerrada.

Siempre que regreso a pasar el fin de semana me lo encuentro todo donde lo dejé. Mis libros y mis juguetes viven en un baúl situado bajo la ventana de la habitación que pertenece a mi tía pero que en realidad es mía. En el último cajón de mi tía hay un joyero con una cadena de cuentas naranjas y la foto de un hombre con una barba blanca y larga. Huele a bosque, a maduro y a extranjero. Mi madre llora cuando me pilla jugando con las cuentas de mi tía, así que las escondo y espero a que haya anochecido para volver a sacarlas. En la cocina hay una lata azul que siempre tiene pastas y galletas. En esta casa nunca pierdo jugando a las parejas de cartas ni a nada.

Mi cumpleaños es en junio y siempre es en la casa de mi abuela. Voy en ropa interior y con las botas de agua rojas porque en verano las culebras se esconden entre su césped frondoso. Hace calor, los aspersores sisean, la piscina tiene hipo y mis amigas y yo jugamos a pasar el paquete en la hierba alta. Nos hemos bañado y gritado y ahora tenemos que jugar hasta que llegue el momento de la tarta, pero inexplicablemente de pronto está aquí Papá Noel. Aparece por el lateral de la casa como si viviese en ella. Lleva una flor azul en una maceta roja. Me saluda. Me quedo inmóvil. Mi madre sonríe y me anima a ir corriendo hacia él. Camino lentamente. Mis botas chapotean. Luzco mi barriga blanca y mis botas rojas. Él luce una barriga roja y unos tenis blancos. Las niñas chillan detrás de mí, pero yo me muevo lenta. Papá Noel se sienta en una silla de plástico y coloca la planta en el suelo, junto a él. Por señas me indica que me acerque. Noto que las niñas me empujan desde atrás. Aunque Papá Noel no tiene la silueta que debería, mi madre sonríe. Me arrimo un poco más; por detrás de mí, empujones y gritos.

—Feliz cumpleaños —me dice, y me da la planta.

La recibo. Nadie me había regalado nunca una planta. Es tupida; cada uno de los racimos azules parece un fuego artificial hecho de florecillas redondas. Me pregunto por qué me ha traído una flor y no un juguete. Me siento mayor y decepcionada.

—Gracias —susurro.

Papá Noel me tiende los brazos, así que me subo a su regazo. El traje que lleva pica y da calor. Está flaco como un abedul, no recio como un árbol de Navidad. Tiene una voz cálida y suave, con un toque de whisky. Huele como mi abuelo los domingos por la noche. No conozco esta piel. Es una voz que no ubico. Quiero irme arriba, meterme bajo las sábanas y esperar a que se marche. Pero no puedo, porque es Papá Noel y ha venido a mediados de junio a mi cumpleaños y eso es muy especial, nadie más tiene a Papá Noel en su cumpleaños, y mira, te ha traído una hortensia, qué cosa tan única, y las otras niñas se abrazan a sus rodillas y él las levanta y las lanza con cuidado a la piscina una a una, y la fiesta continúa y él se mezcla con los adultos, que fingen estar sorprendidísimos por tener ahí a Papá Noel aunque en realidad no lo estén. Luego es él quien saca mi tarta. No es una tarta como tal, es una tartaleta grande con fresones rojos. Las velas se tambalean en la crema pastelera y no se quedan bien tiesas. Me pregunto si mi madre pensará que es más divertido tener una tartaleta que una tarta, como cuando piensa que es más divertido mandarme a clase con leotardos de rayas verdes y azules en vez de con unos azules y normales, o cuando nos deja a mis amigas y a mí teñirle el pelo a ella en vez de a la cabeza de muñeca, y luego no se lo lava y viene a recogerme al colegio con el pelo rosa. Y entonces, cuando me pongo a llorar y a suplicar, se cubre la cabeza con un pañuelo de seda, y eso es peor. Una de las madres le pide por favor que le pregunte a la madre de Sonya si su hija podrá quedar para jugar; piensa que mi madre es la niñera. A mi madre esta historia le encanta. A mi madre le gusta que hagamos las cosas de modo diferente. A mí no.

Nos chupamos el glaseado rojo de las manos calientes y nos las secamos en las toallas. Por el rabillo del ojo veo que Papá Noel entra en casa de mi abuela. En ningún momento lo veo salir. La fiesta de cumpleaños se disuelve. Mis amigas se suben en el asiento trasero de los coches y se despiden a gritos desde el camino de acceso a la casa, las amistades de mi madre se quedan más rato y siguen brindando mientras se pone el sol. Un hombre se ríe fuerte y mi madre le acaricia la mejilla. La noche se va humedeciendo como una toalla. Me acoplo bajo los arbustos de rododendro que bordean el césped, picoteando

17

las fresas gelatinosas que se han quedado pegadas a los platos de cartón. Mi abuela me saca de la frondosa oscuridad. Me lleva arriba y me lava en su bañera, me enjabona el pelo y en ningún momento se me mete jabón en los ojos. Y mucho después, mientras estoy tumbada en la cama, me pregunto por qué ha venido Papá Noel y no mi padre.

Principio

Kinsasa. Ni siquiera sé dónde está eso. Tengo que buscarlo en un mapa. Mi padre, que todavía no es mi padre, llega allí a finales del verano. Tiene veintiséis años. Lo han mandado a cerrar un trato para fabricar los billetes nuevos de la recién acuñada República del Zaire, anterior República Democrática del Congo. No está claro cómo se ha agenciado mi padre este contrato, ni a través de quién, ni qué cualificaciones puede tener para hacerlo. Se aloja en el único hotel grande de la ciudad. Es un lugar con piscina, aire acondicionado y casino, en el que se hospedan todos los extranjeros y se organizan todas las reuniones, y el alcohol de importación está garantizado. Por el vestíbulo merodean las trabajadoras sexuales y por el comedor deambulan los camareros. Todo el mundo está a la espera de algo. Mi padre se va a su habitación, pide algo de beber.

—Whisky —dice y, para que no le vayan a traer una cantidad que no puede permitirse, especifica—: Un vaso.

—*Comment?*

—Un vaso. *Un verre.*

El acento francés de mi padre está inundado por su argentino y tiene que repetir las cosas varias veces. Solemne, un africano llega a la puerta de su habitación con una botella de Johnnie Walker, un cubo de hielo y una porción pequeña de mantequilla.

Mi padre cierra el trato. El dinero cambia de manos. Lo invitan a quedarse hasta que lleguen los billetes. Mi padre no tiene otro sitio en el que estar y el trasfondo de esa invitación le deja claro que debe aceptarla. Los congoleños han pagado pero los billetes no aparecen. El contacto de mi padre en Buenos Aires ya no responde a las llamadas. El teléfono suena y suena. El Tesoro congoleño está a la espera. El dinero de mi padre se acaba. El Tesoro congoleño está perdiendo la paciencia. Por primera vez en su vida mi padre es un argentino en el extranjero. Tiene los pómulos prominentes y las extremidades largas. Está al filo de todo. Hace unos largos en la piscina vacía, se pregunta cómo acabará esto. Empieza a sentir que lo vigilan. Pasa más tiempo en el vestíbulo, en el bar, en el casino, sitios en los que puede ver y hacerse ver. Empieza a jugar al blackjack. Una muchacha blanca dirige el juego; tiene el pelo oscuro y un acento que mi padre no sabe ubicar.

—Newcastle. En el norte de Inglaterra —le dice ella.

Es tan anómala en ese mundo tan ajeno que su propia extrañeza le aporta familiaridad. No hay otra cosa que hacer que acostarse con ella. Se convierten en amantes en secreto, ella podría perder el trabajo. Mi padre le confiesa su dilema, atrapado allí, a la espera de unos billetes que no van a llegar nunca, hasta el cuello y sin estrategia de salida. Ella le pasa unas fichas y así él gana una semana más. Cuando acaba su turno, la muchacha sube en el ascensor de empleados hasta la habitación de mi padre. Una noche hay unos congoleños jugando en su mesa. Ella escucha de fondo la conversación y mantiene una expresión igual de neutra que el dos de tréboles. Mi padre se incorpora más tarde a esa misma partida. La muchacha no lo mira en ningún momento, pero al acabar la mano le desliza un montón de fichas que él no ha ganado.

—Corre —le susurra.

Mi padre cambia las fichas, recoge el pasaporte en el mostrador de recepción y sale caminando del hotel con la ropa que lleva puesta y nada más. Sube a un taxi directo al aeropuerto. Embarca en el primer avión que encuentra con dirección a algún lugar de habla hispana.

A la mañana siguiente llega a Madrid.

Mi madre sale de casa cuando tiene cinco años. Sus padres son colonos ingleses. Viven en África oriental y mandan a sus cuatro hijos de vuelta a Inglaterra, a un internado. Mi madre sobrevive a ese viaje ocupándose de su hermana más pequeña, que tiene tres años. (Aún hoy mi madre es maestra de preescolar, como si hubiese estado destinada a aliviar y a consolar eternamente a niños recién abandonados en su tránsito a la educación).

Tiene dieciséis años. Está harta del internado, harta de que le digan lo que hacer. Sus padres han regresado a Inglaterra y ella está preparándose los exámenes finales en casa. Mi abuela, que se siente culpable por haberse perdido tanta infancia de su prole, y agradecida por verse implicada en la vida de su hija, la ayuda a estudiar. Juntas declinan verbos franceses irregulares, leen a Tolstói y a García Lorca.

A mi madre la admiten en una universidad en Madrid para estudiar español. Está eufórica. Tiene dieciocho años.

Una prima le ofrece compartir piso en la ciudad. Mi madre se muda con ella, comienza los estudios, encuentra trabajo traduciendo por las tardes. Es tímida, esplendorosa, inestable en su feminidad. Vuelve a casa por Navidad, bostezando por el cansancio de la independencia. Está colmada de España y de sus estudios. Mis abuelos le regalan un coche de segunda mano, un Mini de color amarillo canario que mi madre conduce lentamente de vuelta a España, atravesando una ventisca en los Pirineos, mi abuela junto a ella para que no vaya sola. Tardan días. Llegan al piso que mi madre dejó un mes atrás y se encuentran con que está ocupado.

Ella ya sabía que él iba a alojarse ahí. La prima le escribió en Navidades para decirle que un amigo de la familia necesitaba su cama durante las vacaciones, pero que se habría ido antes de que ella volviese. Mi madre dobló esa carta y no se lo contó a nadie, se preguntó quién sería esa persona, se tumbó sobre sus sábanas nuevas, contempló los vestidos colgados en el armario, los collares largos enganchados en el espejo. Se lo preguntó distraída y luego lo desterró. Pero ahora, que aparca delante del apartamento, sube la maleta temblando por las escaleras, con su madre detrás, la llave en la cerradura, las luces encendidas, que se topa con unos zapatos de hombre en la entrada, con una camisa de hombre en el suelo, el ruido de la ducha abier-

22

ta, ahora se le despierta, trémula, una sensación: Ahora, ahora empieza mi vida.

Mi padre pasa las Navidades en Madrid. Su familia tiene familia ahí, una prima lejana con un piso, una habitación vacía que puede usar durante las vacaciones. Mantiene un perfil bajo, le angustia ponerse en contacto con gente por si la noticia llega hasta Kinsasa. Cena a base de tapas y vino tinto, se levanta con dignidad de mesas dispuestas en la calle y desaparece en la noche sin pagar. Espera dinero de su jefe, luego de sus padres, espera noticias del Congo, indicaciones de qué hacer con su vida. Se marchó de casa con un gesto triunfal, con un trabajo exótico y con la profecía de un vidente grabada a fuego, según la cual tenía la grandeza a la vuelta de la esquina. No está preparado para fracasar. Y no tiene ni idea de lo que hacer.

Pasa la Nochebuena en un cine. Regresa al apartamento prestado, rebusca distraído en los cajones. Entre la ropa interior de la prima encuentra un fajo de pesos. Saca varios billetes, se los mete en el bolsillo y vuelve a colocar la goma con cuidado. Abre una botella de vino, enciende la radio. En su habitación se mecen unos vestidos. Huelen a la mujer en cuya cama está durmiendo. Mi padre roció el perfume de ella. Ya le resulta familiar. Fotos de una familia en marcos de plástico, un padre alto de uniforme, una madre elegante y discreta, de mirada directa, un hermano de sonrisa fácil, dos hermanas, una con la cara redonda, precavida, la otra rubia, con la lengua sacada al mundo. Cadenas de collares y un platito con unos aros de oro. Una pila de libros junto a la cama, y en la mesilla el papel azul del correo aéreo con una caligrafía elegante. Saca las cartas, se tumba en la cama y las lee.

«Mi niña» empiezan todas, firmadas «Mamá». Ninguna de papá; un par de una hermana menor y otra de una chica llamada Susie, que describe a muchachos con nombres tan ingleses que mi padre vuelve a sentirse extranjero.

Sus gemelos resuenan ahora en el platito junto a los pendientes de ella. Su única corbata cuelga entre los collares. El albornoz de ella, rosa pálido con diminutos ramitos azules, está enganchado detrás de la puerta. Mi padre se lo prueba. Le aprieta en los hombros. Mete una mano en el bolsillo y saca un trozo de chicle mascado y envuelto con mucho cuidado y una goma amarilla para el pelo. Se prepara un expreso y elige uno de los libros de ella de la estantería. Un poeta chileno, el más famoso, lleno de amor y de nostalgia. Subrayado con sincera precisión. Estropeado por una esquina, con un número de teléfono de Madrid garabateado. Echa mano del teléfono, marca el número. Tras varios tonos responde la voz de un hombre. Mi padre cuelga, tira el libro a la papelera. Piensa en llamar a la otra muchacha inglesa que conoce, la de Kinsasa. Piensa en lo que arriesgó esa chica diciéndole que se marchase. No llama.

Se ha enamorado de ella mucho antes de verla llegar. Las hebras de su pelo rubio enrolladas en el cepillo negro. El aroma limpio de su champú. El gorro de piel detrás de la puerta, el esmero de su letra redonda y la casa grande y blanca ante la que están sus padres. Ella es de un lugar. Pertenece a un mundo que es fiable, que está en su sitio. Huele a dinero; no a fortuna, tampoco a ruina, sino a comodidad. Todo en ella es cómodo. Así que cuando mi padre sale tranquilamente de la ducha y oye voces de mujer en la otra habitación, cierra los ojos, se pasa las manos por el pelo mojado, limpia el espejo

24

empañado para mirarse, se arregla la toalla y piensa: Ahora, ahora empieza mi vida.

Mi abuela se queda una semana más. Nadie recuerda dónde. Lo que sí es seguro es que ni mi madre ni mi padre se van del apartamento. Mi padre no tiene nada que hacer ni otro sitio en el que estar. Es como si los dioses lo hubiesen creado y lo hubiesen soltado en el salón de mi madre. Es guapo, sofisticado, solícito. Ella tiene dieciocho años, es inexperta, una paloma. Él conduce el Mini del color de un caramelo de limón con una facilidad descuidada y una velocidad asombrosa. La lleva a clase, al trabajo, a cenar. Resulta embriagador. Ella debía de sentir que la vida sería así siempre.

La prima regresa, taciturna, consternada, celosa. Esto no estaba previsto. El argentino encantador, el amigo de su hermano, no debía enamorarse de su compañera de piso. Los observa prepararse café el uno al otro, escabullirse de vuelta a la cama, ahogando risas. Y luego llega un eco de silencio desde la diminuta habitación de invitados. Ellos intentan integrarla: Vente a cenar, a dar un paseo, a ver una peli. Ella se encoge de hombros, distante y rígida de celos. Ellos corretean libres por la boca helada del invierno de Madrid.

Tres meses después mi madre llama a mi abuela para decirle que están prometidos.

Mis abuelos le piden que vuelva a casa. Ella deja la universidad, el trabajo, el piso, después de menos de dos trimestres, y regresan juntos a Inglaterra en el coche. Hacen el camino en la mitad del tiempo que tardó ella solo tres meses antes, mi padre ahora al volante, impaciente por que empiece su nueva vida.

Una bienvenida cauta por parte de mis abuelos. Habitaciones separadas. Una cena agradable. Mi abuelo acompaña a mi padre al salón. Se sienta en su silla y le indica a mi padre que se coloque junto a la chimenea. Mi padre busca alguna otra silla pero no ve ninguna, así que acerca un taburete. Se sienta a los pies de mi abuelo y espera.

—¿La boda va con regalo? —pregunta mi abuelo, el coronel.

Mi padre parece inquieto.

—No tengo nada para regalar —dice.

—Que si está embarazada.

Mi padre le asegura que no. Se ofrece a mi abuelo para que le haga una inspección. Es abogado, le cuenta, con un apartamento en propiedad que lo espera en Buenos Aires. Pertenece a una familia respetable que acogerá muy bien a mi madre. Su madre es abogada y jueza, y su padre, un empresario que pasó varios años trabajando en la India, donde casualmente nació mi abuelo materno, el hombre con el que está hablando mi padre.

Doce semanas de noviazgo.

Dos continentes, dos idiomas y ocho años entre ellos.

Un mes después están casados.

Ahora mi padre puede regresar a casa; todos los interrogantes sobre su futuro, o su pasado, quedan barridos por la presencia de su impecable esposa inglesa. Y ella puede entrar a zancadas en la adultez, saltándose las indignidades de la adolescencia, sin necesidad de esperar a que suene el teléfono, de avergonzarse porque su padre intercepte una llamada, de estar pendiente de cartas y bailes y soldados que recuerden su nombre. Los dos han saltado de golpe al irrefutable mundo de los adultos. Y están profunda e increíblemente enamorados.

Mi madre llega a Buenos Aires recién casada para descubrir que no todo es tal y como se lo han descrito. Su marido no es abogado, sino que le quedan varios exámenes para acabar la carrera; el apartamento en el que vive no es suyo, sino un piso compartido propiedad de un compañero de estudios acaudalado. Los padres de mi padre son unos intelectuales consentidores que, encantados con mi madre, guapa y bien educada, y aliviados por el buen juicio de su hijo, salen corriendo a buscarles y amueblarles un apartamento. Empieza la fantasía de una vida de recién casados. Mi madre dispone la vajilla de porcelana de la boda. Se esmera en escribir cartas de agradecimiento y se las da a mi padre para que las envíe. Nunca llegan. Él se encoge de hombros, culpa a la mala gestión del país, nunca admite que las tiró en una papelera de la plaza de Mayo en vez de hacer cola para ponerles los sellos. Mi padre retoma sus estudios. Mi madre consigue un trabajo, algo que mi padre no aprueba. Él llega siempre tarde, pasa largas noches en casa de su madre, donde los debates políticos florecen hasta bien entrada la madrugada. Una mesa iluminada, presidida por la madre de mi padre, nubes de humo y ceniceros diminutos llenos hasta arriba, botellas de vino a medio beber y tazas de plata para expresos tan finas que podrían abollarse con el pulgar, hombres que levantan brazos, cejas y voces, mi abuela implacable, que asiente, chupa el cigarrillo, todos obsesionados con devolver al poder a un político exiliado, a un político exiliado y su esposa muerta que restaurarán la democracia, que alimentarán a las masas, y entretanto en la cocina la criada exhausta que apoya la cabeza en las manos mientras en las paredes alicatadas resuenan más peticiones de café.

Mi madre encuentra una pistola en el apartamento. Mi padre le dice que se la está guardando a un amigo. Él se marcha temprano a la universidad, regresa al anochecer. A veces viene oliendo a alcohol. Siempre a tabaco. Ella llama a Londres, a su madre, no le cuenta nada. Se hace con un cachorro. Los amigos de él se quedan a pasar la noche y se marchan sin despedirse, una manta arrugada en el sofá y un vaso sucio en el fregadero. Mis padres ven juntos las noticias, los pies de ella sobre el regazo de él. Una noche aparece en la pantalla la foto de un hombre que se busca, vinculado a un asesinato político. Es la fotografía de un hombre que se quedó en su apartamento. Mi madre mira a mi padre. Él se sirve una copa de vino y cambia de canal.

Mi madre tiene pocas amistades. Las de mi padre la aterran; los revolucionarios serios con sus modales de clase media no, esos hombres son civilizados, solícitos, sino las mujeres, amazonas, mortalmente delgadas, con sus cuerpos de los setenta y sus columnas largas y arqueadas. La madre de mi padre organiza un cóctel en honor de los recién casados, anima a mi madre a ponerse el vestido de novia, dado que ninguno de los asistentes fue a la boda. Mi madre, inocente, complaciente, acepta. El grupo social de mi padre es reducido, cruel, perfectamente pulido por décadas de endogamia. Él ha salido con todas las jóvenes elegibles de su entorno y todas ellas aceptan la invitación para ir a ver a la intrusa. Llegan, elegantes, con los brazos al aire, la piel color miel, embutidas en sus vaqueros, ajenas a sus novios, ofreciendo ambas mejillas para un beso según dicta el gesto nacional de bienvenida, inhalando tabaco y exhalando desprecio. Mi madre lleva el vestido que unas semanas antes era tan bonito y que ahora es un disfraz demasiado ajustado. Es un avestruz entre lobas acicaladas. Es una virgen destinada al sacrificio y rodeada por víboras doradas. Se esconde en el baño y llora, le da tirones al vestido de novia.

28

Mi madre hace amistad con alguien del trabajo, recorre la ciudad con esa persona. Va con los padres de mi padre a la casa de campo que construyó mi abuelo con sus propias manos, losa a losa, en un pedazo de tierra que él mismo compró. De niño mi padre lo ayudó a cavar la piscina. Mi madre ahí está tranquila. La hermana de mi padre es una mujer amable y tiene niños pequeños a los que puede mimar, y mi madre ahí se siente como en casa. Está embarazada. Mi madre y mi padre son felices. Se tumban en la cama y eligen nombres, planean el cuarto de la criatura, se plantean qué idioma hablará. Para garantizarle la ciudadanía británica, deciden que nazca en Inglaterra.

Mi madre se sube torpemente a un avión. Deja atrás su vida, violetas en un jarrón sobre la mesa, la vajilla de la boda en los aparadores, leche en la nevera para su marido, que pronto se reunirá con ella. Tiene previsto regresar con su nuevo bebé. Nunca volverá a ver ese apartamento.

Regresa a casa de sus padres, busca a un médico que la asista en el parto y espera a que lleguen su marido y su criatura. Son los primeros días del verano en Inglaterra. El césped está verde, su madre le lleva el té por las mañanas, la perezosa luz se derrama por las cortinas de su habitación y aquí no hay víboras doradas ni hombres fugitivos durmiendo en el sofá. Llega su marido. Lo embarga la emoción por Inglaterra, por su bebé, por las oportunidades que podrían estar esperándolo ahí. Sale de noche a reuniones, citas, cenas. Los padres de mi madre le preguntan a ella dónde está él. Ella les dice que en reuniones, citas, cenas. A esas alturas ya tiene dudas. A esas alturas debe ocultarlas. Tiene veintiún años y nadie a quien contárselas. Sus amigas siguen en la universidad, siguen tambaleándose borrachas de fiesta en fiesta. A quién va a decirle: Qué he hecho, qué he hecho, qué he hecho. A quién va a decirle: No sé adónde va por las noches, este hombre al que me he entregado. Es una vergüenza íntima que no puede compartir, ni siquiera consigo misma.

Una noche comienzan los dolores. Mi madre llora en la bañera. Su madre le seca la frente. Mi padre ha salido. Nadie sabe adónde. Mis abuelos llevan al hospital a su hija, que tiembla de dolor. Mi madre aprieta las manos. ¿Dónde está su marido? Las enfermeras, el médico, los abuelos, todo el mundo lo pregunta. Muy dentro de su cuerpo, tan hondo como la coronilla de un bebé, se hunde el terror a que esté con otra mujer. Eso la hace sudar de dolor. Más honda que el puño de un bebé reside la idea de mi padre junto a otra mujer, una mujer con acento del norte a quien mi madre escuchó por casualidad al teléfono; una mujer que quizá esté ahora mismo en Inglaterra, ahora mientras ella se abre por la mitad, sola, en una clínica, guardando ese secreto, desgarrada por el terror a que su mundo entero se haga pedazos. Mi madre muerde. Y el bebé no piensa salir. El bebé no piensa salir a un mundo en el que no existe un padre, ni piensa emerger de una madre que está tan sola. El bebé piensa quedarse en su sitio porque eso todavía no es una familia. El médico busca los fórceps porque este bebé no piensa salir y hay que sacarlo a rastras a este mundo sin padre. Y entonces mi padre entra corriendo en el hospital, se precipita por los pasillos, irrumpe en la habitación y mi madre está llorando, y él la agarra de la mano y entierra su cara en el pelo de ella, y ella nunca sabrá nada porque nunca preguntará nada, y mis abuelos apartan la mirada y ahora sí, ahora estoy lista para que empiece mi vida.

30

Final

Tengo año y medio. Vivimos en un piso prestado en Londres. Mi padre va a Vietnam. La guerra ha acabado, los estadounidenses se marchan en masa, abandonando toda su artillería. Hay una fortuna que ganar en chatarra, dice mi padre. Piensa reunir toda esa chatarra y vendérsela de nuevo a Estados Unidos, y ellos se la van a comprar, dice exultante. ¡Le van a comprar sus propios tanques! Posa en una foto, con la selva detrás, el gorro de pescador en un ángulo elegante, un pie sobre un tanque volcado. En Londres, mi madre espera con su bebé. Tiene veintitrés años. Solo hay un vuelo a la semana desde Hanói.

Una semana tras otra, mi madre llena el frigorífico de salami, queso, pepinillos, con toda la sal que a mi padre tanto le gusta. Una semana tras otra, él no viene. No llama. No manda telegramas. El león está en la selva. Una semana, mi madre trabaja hasta tarde, no puede hacer la compra en el supermercado. Le deja el dinero a su hermano, que ha venido de visita. Su hermano es otro renegado, un gracioso de pelo rubio y sonrisa fácil que reconoce en su cuñado a su gemelo malvado. Mi madre le pide a su hermano que cuide del bebé y que compre las cosas de la lista, porque su marido llega ese mismo día, lo sabe. Mi madre regresa tarde a casa y se encuentra a su hermano dormido en el sofá. Va al frigorífico. Su hermano lo ha llenado hasta arriba de papel higiénico: todos los estantes están repletos de rollos; no encuentra otra manera de arrancarla de su engaño. Abre un ojo desde el sofá.

—Déjale que se coma eso —dice—. Sabes muy bien que no va a volver.

Y sí vuelve.

Pero el matrimonio se ha acabado.

Monstruo

Estoy trabajando en el norte de Oregón. Nunca me he separado de los niños más de una semana desde que nacieron. Ahora llevo dos semanas fuera, casi tres. Los niños me dedican reproches, rabia. Mi hija dice que no duerme desde que me fui. Los llamo a la hora de acostarse y nos leemos por teléfono, pegando la cara a las diminutas pantallas. Les digo que los quiero; les recito elaboradas frases de relajación para ayudarlos a dormir. Les envío luz dorada por cada uno de los dedos de los pies, se la subo por la pantorrilla, se la inflo en la barriga, se la dejo colgada como una capa en lo blando de la columna. Me entretengo buscando verbos nuevos para cada parte del cuerpo y ellos respiran suavemente junto a las pantallas. Mi hijo puede dormirse con mi voz al oído. Mi hija necesita notar mi calor junto a ella y solo entonces logra liberar su cuerpo de colibrí. Echo de menos el aliento matutino de los dos y su cabeza sudorosa, su devoción por la hora de dormir, su desinterés por el despertar. Me pregunto cómo mi padre pudo vivir sin mí. Planeo entre el lujo de entregarme al trabajo y el vacío de mis brazos. Me pregunto quién sería yo si mi padre hubiese tenido un iPhone. Mi padre tiene cinco años. Sus padres se reúnen en la entradita rodeados de maletas. Sus hermanas lo adelantan a empujones, se aferran a las piernas de sus padres. El padre de mi padre se agacha, abraza fuerte a las niñas. Se endereza y le da unos golpecitos a su hijo en la cabeza. Volverán dentro de un mes, dicen. La institutriz inglesa y la *mademoiselle* francesa cuidarán de ellos. Tienen que irse a la India a trabajar. Un mes no es tanto tiempo, dice la madre de mi padre, y cierra de golpe el bolso. Se van. Los niños esperan. Pasa un mes. Los niños tienen todo lo que quieren y nada de lo que necesitan. Se asilvestran. La institutriz es estricta. Los niños vuelcan mesas, trepan a los árboles. La *mademoiselle* los encierra en sus habitaciones. Ellos se escapan. Se olvidan de esperar a sus padres. Ya hablan tres idiomas pero se inventan uno privado para comunicarse entre ellos. Mi padre se mete en la cama de sus hermanas para dormir. Roba del monedero de la dama francesa. La *mademoiselle* lo pilla. Lo saca a rastras, al granero. Ese sitio está oscuro como la pez y los murciélagos se revuelven entre las vigas. La *mademoiselle* lo pone de rodillas. Le dice que se quede ahí arrodillado hasta que ella vuelva. Cierra con llave. Unos granos como perdigones se alojan en las rodillas fofas de mi padre. La oscuridad es fétida y cruje. Un único hilo de luz blanca surca el suelo y mis tías pegan la boca caliente a las puertas echadas con candado, respiran sobre ellas, aguardando, impotentes. Su hermano espera todo un día de rodillas en la oscuridad.

34

Mi padre, que se ha caído de aviones y ha disparado desde el otro lado de un parabrisas, se estremece cuando cuenta esta historia.

Los padres de mi padre hacen el mismo viaje tres veces. Las tres veces se van para un año. Las tres les dicen a sus hijos que volverán pasado un mes. Las tres veces sus hijos se lo creen.

Tengo cuatro y cinco años. Vivo con mi madre. Vivimos en el piso que hay encima de la guardería en la que trabaja ella. Hace frío y nada funciona bien del todo porque no tenemos dinero. En mi habitación hay una cómoda con cajones que no cierran y el frigorífico está vacío. Cruzamos la calle para ir a la panadería del toldo azul claro y comprar una tarta de manzana entera y comérnosla para cenar, aún caliente, con unas cucharillas, sentadas a la mesa de la cocina. Mi madre me enseña a leer. Me tumbo en su regazo con libros. Llora a menudo. Yo soy lo único que tiene. Soy su posesión más preciada. Le entran migrañas y entonces su puerta se queda cerrada y no llames, tienes que arreglártelas tú sola, cariño. Juego abajo en la guardería. En cuanto se van los niños es toda para mí, los juguetes son míos, y los puzles y todos los libros, y también la falda roja entretejida con plata que puedo llevarme a la cama si quiero porque cuando estás sola no hay que compartir nada. Aunque cuando están los niños sí tengo que compartirlo todo, incluso a mi madre.

Es por la tarde. Ha venido una amiga a jugar. Estamos arriba, en el piso, encima de la guardería. Voy vestida de nativo americano, con mis pantalones vaqueros preferidos, los que tienen los flecos amarillos a los lados. No llevo camiseta porque los nativos americanos no las llevan. En la cocina está colgado el vestido de dama de honor que ha planchado mi madre. Me lo pondré mañana. Suelo hacer de dama de honor porque las amigas de mi madre por fin están casándose y no hay más niños. Mi amiga y yo estamos jugando al escondite. Me toca esconderme a mí. Me meto en la cocina, bajo una repisa. Me agacho y me hago una bola, espero. Tengo la piel marrón como una nuez y me huele a luz del sol. El hervidor de agua está encima de mí. Lo oigo hervir. Mi madre siempre hace gelatina para las amigas que vienen a jugar. El hervidor se apaga. Espero. Mi amiga entra en la cocina, duda. Entonces me ve. Grita. Salgo de mi escondite y noto un tirón en el pie, que se ha enganchado al cable, y siento en la espalda un peso repentino, caliente, y ahora tengo el hervidor encima y el agua caliente cae y humea y mi espalda chilla debajo. Hay gritos. Hay una bañera llena de agua fría y estoy sentada dentro y mis preciosos pantalones tiñen el agua de marrón, y mi madre me abraza y aun así los gritos no cesan. Tengo la cara en el sofá, con el cobertor suave de color azul y blanco que se me pega en la mejilla y los gritos y la voz de mi madre que me ofrece refrescos, me ofrece helado, me ofrece cualquier cosa que haga parar los gritos, pero los gritos no pueden parar, y cómo, me pregunto, cómo voy a comer nada en estos momentos con todos estos gritos, y luego hay sirenas y hombres con voces claras y despejadas.

Estoy sola en una habitación del hospital, bocabajo, en una cama. Tengo la espalda quemada hasta el final de la columna. Estoy sola porque el riesgo de infección es altísimo. Solo permiten entrar a una enfermera y a mi madre. Me dan una medicina rosa y amarga que me niego a tomar. Me preguntan qué quiero para consentir tragarla. Les digo que me traigan un

36

batido porque es la cosa más extravagante que se me ocurre. Bebo batido a diario. Pregunto qué es lo que huele mal y me dicen que la medicina. Nadie me cuenta que es la carne de mi propia espalda pudriéndose.

Mi padre elige ese momento para casarse otra vez. La espalda se me cura y vuelvo a su casa y ahora hay fotos nuevas en marcos de plata macizos. Mi madrastra lleva una chaqueta y una falda de color azul grisáceo. Tiene los ojos enormes y oscuros y su pelo es un triángulo crespo de rojo intenso. Mi padre está a su lado. Ella parece que hubiese ganado un premio; él parece que hubiese quedado segundo.

Mi madrastra es de Perú. Tiene dos hijos de su otro marido y la voz como el metal rayado. No le quita los ojos de encima a mi padre. Tiene dinero y una casa grande, que es donde vive mi padre ahora. Sus hijos son adolescentes. Van a un internado y cuando están en casa son exquisitos y educados, pero no quieren jugar ni me quieren en sus habitaciones. Mi madrastra viene a recogerme al piso de mi madre. Llega con su elegante coche azul claro. La observamos desde la ventana de la tercera planta. Se tambalea insegura sobre la acera.

—Vamos —dice mi madre—. Que ella estas escaleras no va a poder subirlas.

Salimos a recibirla a la puerta. Mi madre sonríe, la invita a pasar. Mi madrastra la desaira. Todavía no sabe cómo es mi madre. No sabe que no tiene nada que temer, que mi madre solo guarda amor y una maletita de ropa limpia entre las manos. Mi madrastra desprecia ese equipaje.

—Tenemos ropa para ella —dice.

En su casa llevo vestidos con cuellos grandes y abrigos a juego, leotardos blancos sin boquetes y unos zapatos negros y brillantes que se rayan si tropiezas. Mi madrastra me trae muñecas gordas de Estados Unidos y un Lego que se ilumina. Me trae ropa de Miami, un sitio que suena a gato exótico, cosas aterradoras que no entiendo pero que finjo adorar: bañadores fluorescentes de tela de toalla, sudaderas con capuchas desmontables y palabras garabateadas en el pecho con colores eléctricos. Mi madre sonríe y vuelve a meterlo todo en mi maleta.

—Esto póntelo cuando estés con ellos —dice.

Tengo siete años. Mi padre viene a recogerme a la escuela. Él nunca me recoge. A menudo me lleva a clase, siempre tarde, en su pequeño coche blanco donde solo cabemos los dos; me da un beso y amenaza con acompañarme dentro, con el pijama azul asomándole por debajo del suave abrigo marrón claro. Pero nunca me recoge.

Alguien debe de haberme dicho que hoy venía él. Alguien debe de haberme dicho que hoy venía ella. Pero de eso no me acuerdo. Mi padre está en el coche grande. Se gira mientras corro hacia él, con el codo apoyado en el reposacabezas y la cabeza vuelta hacia mí, sonriendo. Llevo sujeta la boina roja para que no salga volando. Abro de golpe la puerta de atrás. Hay alguien en el asiento trasero. Hay un niño pequeño acurrucado contra la ventanilla más alejada. Está hecho un ovillo, como un animal marrón y curvo. Tiene el pelo más corto que he visto en mi vida y me mira fijamente.

—Esta es tu nueva hermana, cariño. Dale un beso.

Lo percibo todo muy lejano y del revés. Yo nunca desobedezco a mi padre. Deslizo mi cuerpo dentro del coche y me estiro en el asiento de atrás. Recorro la vasta distancia que me separa del niño que en realidad es una niña para darle un beso en la pequeña mejilla de color marrón. La niña se acurruca aún más contra la ventanilla, levanta una mano entre ella y yo y me araña la cara con los dedos. La mejilla se me enciende, me escuece. Me acoplo en el asiento, estupefacta, sujetándome la cara. No entiendo. Las cosas no funcionan así. No conozco a nadie que diga la verdad de esta manera, con el cuerpo entero. No quiero una hermana, pero no sé que no quiero una hermana porque no se me permite saberlo. Estoy siendo amable, como lo es mi madre, y ser amable no funciona así. Amable es lo que eres incluso cuando no te apetece. Abro la puerta de un coche y ahora tengo una hermana. Tengo una hermana que no me quiere. Mi padre me frota la cara. Va hablando todo el camino hasta casa. Permanecemos todos quietos en nuestros rincones del coche, observando los edificios blancos y altos, que se convierten en parques, en calles, en un mundo que ninguno conocía hasta ahora.

Mi hermana adoptada vino de las selvas de Paraguay. Mi padre viajó por trabajo a una plantación de azúcar y al lado había un orfanato. Pidió visitarlo y le presentaron a una niña pequeña cuyos padres habían muerto en un accidente de coche y se la trajo a casa de regalo para mi madrastra. Esa es la historia que me cuentan. Esa es la historia que durante años cuento yo hasta que me escucho contarla un día y me doy cuenta de que no hubo ningún accidente de coche. Solo hubo una adolescente aterrorizada demasiado joven para imaginar criar a una hija. No hubo ninguna adopción espontánea; hubo una madrastra, la mía, demasiado mayor para concebir, que deseaba tener un bebé con su marido. Hubo abogados, entrevistas y el lento avance del tiempo burocrático.

39

Mi hermana adoptada vive con mi padre y su esposa de forma permanente. Yo los visito los fines de semana. Al principio da la impresión de que ella es mi invitada, pero al poco la sensación es que yo soy la suya. Nuestro guardarropa se mece con vestidos gemelos, uno ligeramente más pequeño que el otro. Yo tengo los ojos azules y la cara redonda, el pelo del color del tofe y la barriga como un planeta. Mi hermana adoptada tiene los ojos marrones y todo su cuerpo son palos. Vamos vestidas idénticas aunque por dentro cada una carga con su mundo particular. Juego con ella, señalo con gestos juguetes, libros. Ella no habla inglés. No habla español. Habla el idioma de la selva. Me observa, siempre. Me quiere porque me observa, y yo la dejo y la quiero porque no sé qué otra cosa hacer, aunque en la garganta me aparece una pluma cada vez que veo a mi padre cogerla en brazos. Ella espera mi visita los fines de semana. Me pide venir a mi casa y ver dónde vivo toda la semana. Mi madre, porque es mi madre, invita a mi hermana adoptada a tomar el té, a pasar la noche, se la pone en el regazo para leerle.

Hay una fotografía de las dos, mi hermana adoptada y yo, una junto a la otra, en el dormitorio pintado como una selva. Yo estoy sentada en la cama, leyendo. Sonrío a la cámara, con el pelo y los ojos brillantes. A mi lado, en una cama pareja, con un camisón parejo, está sentada mi hermana adoptada, con un libro parejo. Ella no mira a la cámara. Me mira a mí. Tiene el libro bocabajo.

Estoy embarazada de mi segundo hijo. Nos pasamos nueve meses preparando a mi hija para el nacimiento de su hermano. Le compramos un bebé de juguete para que lo quiera, lo vista y lo bañe; lo lleva a rastras por todas partes, agarrado del pie. Todos los días se mete en la cuna vacía del bebé nuevo, se tumba ahí, da vueltas, escucha la cuna, la cartografía. Me apoya la cabeza en la barriga, le da un beso. Besa la bomba que va a reconfigurar su mundo. Es como una traición. Le estamos dando el mayor regalo que hay, nos decimos a nosotros mismos. Mi hijo decide su propio cumpleaños aunque ya le hubiésemos elegido otro. Anuncia su llegada con un estruendo y me lo sacan del vientre unas semanas antes de la fecha que habíamos escogido, lo que nos pilla a todos un poco desprevenidos. Mi marido y yo vamos en coche al hospital al amanecer y dejamos a nuestra hija, dormida, ajena a todo, con la mujer que nos limpia la casa. Mi hijo llega con insistencia pero sin drama, y unas horas después mi marido vuelve a casa a ducharse y a levantar a nuestra hija para traerla al hospital.

Estoy tumbada en mi cama de hospital, a la espera. Llevo toda la mañana empapándome de mi nuevo hijo pero ahora tengo que compartirlo. Oigo los pasitos por el pasillo del hospital. Oigo que mi marido la ayuda con la pesada puerta. La veo hecha una maraña de sudor rubio y tiene el pulgar en la boca, como una ciruela. Se estira mucho para verme y lanza su cuerpo, caliente como un coche, sobre el mío. Se acaricia el cuello por detrás. El bebé duerme en su caja de plástico junto a la ventana. Ella aún no lo ha visto. Solo me respira a mí. Bajo de la cama trepando para levantarme y giro la caja hacia nosotras. Ella se pone de pie en el colchón, se asoma. Se balancea de un pie a otro, con el pulgar en la boca, sujetándose la nuca, acariciándosela una y otra vez. Está acelerada, está cautivada, quiere cogerlo en brazos. Nosotros solo la miramos a ella, sin hacer caso al bebé, engreído en su manto de muselina, inexpugnable.

La contenemos, sonreímos ante su entusiasmo. Está ebria de poder. Baila para nosotros, canta, espera a que la callemos. Intenta acunar al bebé pero él sigue dormido. Yo me canso, ella se cansa. Es hora de que se marchen. Mi hija repta por la cama para colocarse a mi lado. Cree que me voy con ellos. Niego con la cabeza, se la entrego a mi marido. Ella se aferra a mi cuello como una soga. No la hemos preparado para esto.

Mi hija no entiende por qué me quedo. No sabe por qué el bebé puede estar conmigo y ella no. No lo ha visto venir. Va llorando cuando mi marido la saca de la habitación. Intenta zafarse de sus brazos mientras él la conduce por el ala de maternidad hasta el ascensor. El ascensor llega pero ella no consiente entrar, no piensa dejar a su madre sola con ese bebé. Mi marido le da un empujoncito para que entre, ella no piensa moverse. Él la adelanta y sube al ascensor, sujeta las puertas para que no se cierren, la invita a seguirlo. Pero las puertas de los hospitales no están hechas para sujetarse y se cierran ante la cara aterrorizada de ambos, y mi hija se queda ahí llorando, sola en la planta de maternidad, y mi marido se ve arrastrado hacia la planta baja, descompuesto. Pulsa todos los botones, se para en plantas interminables, escapa, se precipita escaleras arriba para buscarla. La encuentra, con dos años y en un pasillo de enfermeras preocupadas, destruida por el padre que la ha abandonado en un hospital, por la madre que la ha traicionado con otro, por el bulto blanco que no ha hablado ni se ha movido y que lo ha cambiado todo.

Mi marido me llama desde el coche con el altavoz activado. Suena más agotado de lo que estoy yo. Oigo a mi hija sollozar enrabietada tras él. Mi hijo me tira del pecho y el corazón se me hunde. No puedo alargar la mano y tocar a mi hija. No puedo

42

acariciarle la cabeza sudorosa. Así que empiezo a cantar. No soy cantante. De todos modos canto. Canto todas las nanas que me sé. Canto villancicos navideños, canto salmos, canto cualquier cosa para la que tengo letra. Le canto recorriendo la ciudad, la autopista, el mar, con la luz del día que se apaga y roza los montes y con el horizonte del cielo pegado al agua, oscuro y lejano, y le canto subiendo la sinuosa colina, y por la vereda hasta nuestra casa. Le canto y la conduzco a la obediencia, al sueño, a su nueva vida.

En casa de mi padre jugamos a los monstruos a la hora de dormir. Primero leemos mi libro favorito, el del niño al que mandan a la cama sin cenar, que es un castigo terrible, y entonces mi padre se me acerca y me da un beso, me dice buenas noches y me da otro beso y cierra la puerta. Estoy tumbada en la oscuridad, electrizante, burbujeante, consciente, esperando. Oigo el clic de la puerta. Una ranura de luz. Y de nuevo la oscuridad. El silencio me contiene. Yo contengo la respiración. La habitación está más oscura que una selva. No veo nada, pero sé que está ahí dando vueltas. Está merodeando a gatas por mi cama, como un jaguar. Es sigiloso y estoy temblando. Espero. Sé que debo esperar. Pero no puedo soportar la espera. Quiero explotar por la espera.

Digo su nombre.

No hay respuesta. De nuevo digo su nombre. Nada. Ni una respiración. Ni siquiera la mía. La oscuridad es áspera. Respiro a cucharaditas. Un gruñido, un asalto, un chillido. Me arrebata el tobillo de entre las mantas. No distingo cuál es mi voz y cuál la suya. Estoy aterrorizada. El monstruo vuelve a atacar, me agarra el otro pie, ahora está al otro lado de la cama. Estoy sollozando, riéndome, muriéndome, viva. Se enciende la luz. Mi padre está de pie sobre mí. Me mira perplejo.

—¡Ha venido un monstruo! —le digo.

—No —responde—. Imposible. He estado delante de tu puerta todo el rato.

Y nos echamos a reír y me da un beso de buenas noches esta vez de verdad y se marcha. A mi hermana adoptada también le da un beso. A ella le gusta el monstruo incluso más que a mí. Me doy cuenta de que a ella la atrapa con menos frecuencia que a mí pero nunca lo menciono. Un día, en el baño de mi padre, mientras él se está afeitando y yo estoy recolgada en el lavabo frente a él, observando cómo le emerge la cara de entre la espuma blanca, me susurra:

—A ti te quiero más porque eres mía.

Y sé que yo no debería saber eso, que mi padre me ha dado un secreto que puede hacer daño, un monstruo que puede morderte en la oscuridad.

Él no era mío. No era exclusivamente mío. Yo lo compartía con muchas mujeres. Mi marido me dice que me llevé la porción más grande. A mí nunca me parecía suficiente. Mi padre dejó tras de sí un rastro de hijas como un hombre descuidado habría dejado una ristra de gabardinas caras.

Casa

Tengo veintiséis años. Llego a la ciudad con un empleo y algo de dinero, pero sin amigos. Me mudo a un apartamento blanco y bajo con una chimenea pequeña, un suelo viejo de tablas de madera y un patio trasero medio desmoronado, con un aguacate que brota en el centro. Compro la fruta en el mercado, la llevo a casa para madurarla al sol en el alféizar. Me doy un baño y oigo un golpe seco. Chorreando agua, me encuentro un melocotón reluciente, ligeramente roído, rodando por el suelo de la cocina. De noche oigo ruidos en las paredes. Ratas, le digo a mi casera. Ratas de la fruta, me tranquiliza ella, como si la fruta las hiciese tolerables, incluso sanas. Al otro lado del patio vive el hijo de un actor famoso. Duerme hasta la tarde, es infaliblemente educado y tiene una novia incapaz de mirarme a los ojos. Una mañana oigo gritos. Me aplasto la almohada sobre la cabeza. Los sigo oyendo. Oigo cristal que estalla. Oigo la voz de la novia que se hace aguda, un chillido, un ruido de algo que se rompe. Estoy plantada ante su puerta antes de ser consciente de que mis pies se han movido. Estoy aporreando la puerta. No tengo ni idea de lo que voy a decir.

Silencio.

El hijo del actor famoso sale a la puerta. Está sin camiseta, pringado de sudor, tiene la piel gris como un aguacate sin madurar. Miro más allá. La muchacha ronda el quicio de una puerta, se mece, delgada, sacude la cabeza.

—¿Estás bien? —le pregunto a ella.

Asiente.

Él se disculpa por despertarme. No lo miro. La miro a ella. Ella mantiene la mirada fija en el suelo.

—Dime que estás bien.

La novia me mira.

—Estoy bien —susurra.

Él se da la vuelta para mirarla y luego me mira a mí.

—Lo siento —dice—. Lo siento mucho.

Miro más allá de él, al fondo de la oscuridad de ese pasillo. Ella se ha ido.

Regreso a mi piso. Sostengo en alto las manos delante de mí. Me tiemblan. Con alimañas puedo vivir, pero con violencia no. Me mudo. Encuentro una casa nueva en los cañones, una de color amarillo claro, arbolada con eucaliptos, arrinconada en una ladera, con una chimenea aún mayor y suelos de roble con tablas más anchas, y una puerta holandesa a la que asomarme, fumar. Un antiguo refugio de caza de los años veinte. Tiene estanterías empotradas y una mesa plegable de pared. Me despiertan las ardillas. Mando traer mis libros de Inglaterra.

46

Me alimento de pasta para poder pagar el alquiler. Pido dinero prestado. Mi mesa de centro es un simple tablón apoyado en seis volúmenes del *Oxford English Dictionary.* Los otros seis ocupan las estanterías, y junto a ellos mis obras de teatro, mis libros, mis recetas. Leo en el periódico que el hijo del actor famoso ha ido a la cárcel. Organizo cenas y *baby showers.* La casa se llena y se vacía como una poza de marea. Es mía. Es mi casa.

Me ofrecen un trabajo en una isla tropical. Serán años de grabación. No quiero ir. No quiero mudarme otra vez. No quiero renunciar a este mundo que he montado con tanto esmero, amigo a amigo. Nadie lo entiende. Los actores se mudan. Somos gente de la farándula. Cambiamos de ropa, de pelo, de acento, de talla, de nombre y de lugar. Me niego. No acepto esa parte de mi trabajo. Quiero echar raíces donde estoy. Quiero quedarme quieta. Quiero ser el lugar en el que se reúna la gente. Quiero mantenerme unida porque sé lo fácil que nos esparcimos y nos perdemos. Acepto un papel más pequeño en la serie y voy a la isla en avión y vengo. Organizo Acción de Gracias y *brunches,* tengo citas con hombres equivocados y me columpio en mi puerta holandesa, fumando.

Ahora mismo raras veces dejo la ciudad por trabajo. Culpo a mis hijos. Pero no es por ellos. No quiero dejar la casa que he creado para mí. No quiero arrancar de raíz lo que tanto tiempo ha tardado en agarrar. Hago un trabajo que me permite ser otra persona. Me permite utilizar una voz resentida, desobediente, directa, airada, cruel. No es una voz que mi vida haya permitido. Hago un trabajo que elegí sin saber lo que estaba eligiendo. Tengo veinte años cuando decido que eso es lo que debo hacer, lo único que sé hacer. Creo que estoy eligiendo una aventura, pero en realidad estoy eligiendo comportarme de todas las maneras que tuve prohibidas de niña por miedo a perder a alguien a quien quisiera. Mi trabajo me permite viajar por un terreno que estaba sin cartografiar en la topografía de mi infancia. Hay suficiente territorio nuevo que trazar sin salir de casa.

Tengo seis y siete y ocho años. Visito a mi padre en Londres los fines de semana. Vive con mi madrastra y su voz de óxido. Donde más feliz soy es en el sótano, el despacho de mi padre. Hay un sofá de piel del que te resbalas cuando te sientas, aunque nadie se sienta ahí. Hay un tigre enorme de perfil en una pared y, delante de él, una máquina de fax de la que se desenrollan papeles pegajosos con tinta negra, y un teléfono con luces para llamar a todas las habitaciones de la casa. Llamo a todas las habitaciones, siempre. Mi padre tiene una sauna en su sótano. Nos envolvemos en toallas y nos metemos ahí juntos. Echo agua con un cazo sobre las brasas calientes. Humeamos y siseamos juntos. Huyo y espero con la lealtad de un spaniel a que mi padre salga, jadeando. Hay un carrito con whisky y vasos. Mi padre me pide que, vaso a vaso, coloque dos dedos a un lado y los sostenga en alto, a la luz astillada del cristal. Debo echar whisky hasta el segundo dedo e ir llevándoselos. No derramo ni una gota. Me siento en su regazo mientras él llama a gente y se ríe. Me mantiene pegada a él, estamos húmedos, calientes, somos inseparables.

Mi dormitorio está en el punto de la casa más alejado de su despacho. En la cuarta planta. Para llegar a él, hay que pasar por la cocina azul marino en la que mi padre, con el antifaz de dormir en la frente, me fríe palitos de pescado los sábados por la mañana y me deja con un cuenco de kétchup para mojar y todos los dibujos animados. Hay que caminar de puntillas junto a su dormitorio, donde siempre hay que tocar a la puerta antes de entrar porque mi madrastra siempre está durmiendo. Hay que subir y dejar atrás las habitaciones con sofás y marcos de plata y un montón de ranas mudas de porcelana. No hay que entrar en la que tiene el televisor escondido detrás de un volante, bajo una mesa. En ese televisor vive Grace Kelly, y a lo mejor puedes verla luego, cuando acaben los dibujitos. Puedes darle al *play* y verla una y otra vez, y pegar la nariz muchísimo a la pantalla y respirarle encima a ella, que está tumbada con un vestido blanco en su barco, con los brazos extendidos y los dedos largos y blancos suspendidos sobre el agua.

Esa es la habitación en la que vive Grace Kelly pero también tu vergüenza. Es la habitación en la que se hace ballet. La profesora es delgada y delicada. Sostiene las manos ante sí y ve una cesta de flores, una nube, un sueño. Tú sostienes las manos y solo hay unas manos manchadas de kétchup. El elástico se te hunde en los muslos y el leotardo rosa te aprieta demasiado. Tu hermana adoptada parece un guisante de olor meciéndose. Tú pareces un huevo de Pascua. Ahora la profesora enseña un baile de Perú. Para ese baile tenemos que llevar faldas que se inflan como velas de barco. Debemos agarrar la falda con una mano y con la otra agitar un pañuelo. Tenemos que agacharnos y mecernos como una hoja como una mariposa como un rayo de sol, pero yo soy un barco con una fuga y no puedo. Me ahogo. Mi madrastra me dice que no me esfuerzo lo suficiente. Mi hermana adoptada se chupa los dedos. Es una mariposa dentro de un rayo de sol. Yo estoy anegada. Le enseñamos a mi padre lo que hemos aprendido. Estoy atrapada en una botella. No debo dejar que mi padre vea mi vergüenza. Me meneo arriba y abajo, me hundo. Lo veo ocultar una sonrisa. Lo odio. Lo quiero. Quiero que me rescate. Mi padre aplaude efusivamente, estira las piernas y se va.

Tenemos que hacernos fotos con los trajes puestos para que todo el mundo las vea. Viene el fotógrafo. Despliega un telón de fondo con unos manchones nubosos de tonos rosas y púrpuras. Parece un moratón. Mi madrastra nos cepilla el pelo hasta que duele y brilla. Para esas fotos llevamos vestidos nuevos. El mío es un luminoso traje bordado de los que usan las señoras peruanas. Es rojo y negro y me tira y me pica en el pecho. La falda tiene espejitos diminutos. Huele como un saco. Tengo la cara pálida y la sonrisa rígida bajo el sombrero de ala ancha y copa plana. Es de los sombreros que llevan las mujeres peruanas para cargar cosas bajando por un precipicio; pero yo no tengo nada que cargar, estoy bailando en un salón de Kensington consciente de que todo está mal y de que no hay nadie a quien contárselo. Estoy atrapada en una fotografía con el traje típico de Perú.

Al lado de esa habitación se encuentra el vestidor de mi padre. Ahí puedes entrar si vas con él. Puedes presionar las puertas planas que no tienen pomo y que se abren suavemente con un leve suspiro y dejan a la vista un muro de diminutas baldas de cristal, todas iluminadas, todas con una camisa encima, camisas muy suaves, con unos dobleces perfectos, con las iniciales de mi padre cosidas en el pecho con letras diminutas. Como la ropita de una muñeca, los colores igual de cremosos. Por la mañana lo visto yo. Él elige el traje y yo saco todas las silenciosas baldas, una a una, hasta que encuentro la camisa

50

que sin duda será la perfecta. La coloco junto al traje. Junto a la corbata, elegida de entre el muro de brillantes cintas de colores en cascada, caballos a la carrera, pájaros en vuelo, tigres diminutos y un caballo con un carruaje en el dorso de cada una de ellas. Luego el pañuelo, a juego no, a juego nunca porque así es como lo hacemos nosotros. Lo disponemos todo sobre la mesa y juntos subimos un tramo más hasta su baño.

El baño es un espacio tan lleno de vapor que no sé decir qué color tiene. Paredes húmedas, madera oscura y grifos dorados. Me siento en el lavabo. Mi padre se echa espuma de afeitar en la cara y me la da. Yo me echo en la mía. Nos miramos las caras blancas en el espejo. Arquea la mejilla y le pasa la hoja liberándose el rostro. Agarro el extremo equivocado de mi cepillo de dientes y me rasco las mejillas para limpiármelas, copiando en espejo sus movimientos. La espuma gotea. No hago un ruido. No debo distraerlo para que no se haga daño ni le sangre la cara y entonces dé un gruñido y se pegue un trocito de papel en el rostro. Esta habitación son horas. Cuando está listo me lleva al colegio. Ya voy tarde. El estómago me aprieta pero se enfadará si se lo digo, así que me quedo en el lavabo esperando, con la cartera de la escuela pegajosa por la espuma.

Arriba del todo de la casa de mi padre está mi habitación. Las cortinas hacen juego con el papel pintado y hacen juego con la colcha. Es como estar atrapada en una selva. En un rincón hay una casa enorme de la Barbie. Tiene un ascensor que puedes subir tirando de una cuerda con un peso y un caballo demasiado grande que está fuera comiendo hierba pintada. Ken se queda atrapado en el ascensor, aunque si tiras puedes subirlo hasta la planta de arriba, que es también donde están los dormitorios. Los padres de mi padre vienen de visita desde

Argentina y me traen una maleta llena de muebles inflables de casa de muñecas. No están diseñados para Barbie, son para otro tipo de muñeca, y todo es demasiado grande. Las habitaciones vacías están llenas de sofás chirriantes de los que Barbie se resbala y hay un frigorífico que no se puede abrir. Juego con Barbie entre los pliegues de las pesadas cortinas aterciopeladas para que así sea Barbie Selva. Hay un caballo balancín con pelo de verdad y una silla de cuero. El cuero significa que no debes sentarte ahí si estás húmeda y desnuda después del baño porque si no dejarás una marca con forma de corazón que a ti te parece bonita pero tu madrastra no piensa igual y te dará un tortazo en el trasero mojado y entonces dejará ella una marca, aunque la suya tiene huellas de dedos y cuando llegas a casa y te bañas otra vez tu madre la ve, y pregunta: ¿Qué es esto?, y tú se lo cuentas y después de eso tu madrastra no vuelve a tocarte el cuerpo desnudo nunca más.

Esta casa es mi casa, mi otra casa. Aquí es donde vengo hasta que un día, cuando tengo ocho años, la venden y se van.

Después de eso mi padre vive en un montón de sitios. Apartamentos prestados, alquilados y en propiedad; despachos con sofás cama; habitaciones de hotel, rascacielos, chalés. Ninguno de esos sitios tiene una habitación que sea mía. Me siento bienvenida, siempre, pero nunca en casa.

Perú

Leo, leo y leo. Y nunca es suficiente. No hay suficientes libros para mis ansias de leer, no logro seguirme el ritmo a mí misma. Leo por encima de mi edad, me adentro en los años que me esperan por delante. Sumida en mi libro nada puede tocarme. Estoy sola y acompañada. Nadie te pregunta qué estás haciendo cuando tienes un libro en las manos. Nadie te pregunta si estás bien. Nadie te pregunta nada en absoluto.

Tengo ocho años. Inglaterra y Argentina entran en guerra por unas islas diminutas de las que nadie ha oído hablar nunca. Nos reunimos en asamblea con nuestros vestidos a rayas, tiritando bajo el frío sol primaveral, para rezar por los soldados ingleses en su lucha contra los argentinos. Llego a casa, me entierro en el regazo de mi madre, le confieso que a lo mejor he rezado para que alguien mate a mi padre. Mi padre nunca ha luchado ni un día de su vida, pero mi oración me parece una traición. Mi madre va a ver a la directora. Al día siguiente, y todos los días después de ese, rezamos por los soldados ingleses y también por los argentinos. En Londres nadie quiere hacer negocios con un argentino. Por ese motivo, y por otros más, mi padre y su esposa se mudan a Lima, Perú, de donde es ella. Un espacio vacío. No recuerdo cuando se marcharon. No recuerdo cuando se recogió la casa, se embaló mi dormitorio, se dobló mi ropa, se desplazó el eje de mi vida. Recuerdo cuando ya no veía a mi padre los fines de semana, cuando ya no viajaba con él a pistas de esquí de Europa, a playas, a hoteles. Recuerdo cuando mi padre ya no me recogía del colegio, y recuerdo cuando ya no daba volantazos por calles oscuras con las estrellas en el cielo frío y conmigo envuelta calentita en un edredón, en la parte de atrás de su coche descapotable, para devolverme a casa de mi madre una noche de domingo. Recuerdo cuando me planteaba si mi padre se olvidaría de mí o si yo habría hecho algo para provocar su marcha. Recuerdo cuando esperaba a que mi padre me llamase y me dijera cuándo iba a volver a por mí. Recuerdo todas las promesas de visitas y lo a menudo que las incumplió.

La casa de Lima tiene piscina y un muro blanco centelleante que la rodea entera, y un jardín sin césped, solo con cemento, y un aguacate que suelta en el agua hojas como canoas. Mi padre vaguea en una colchoneta, flaco como un lagarto, con mi hermana en su regazo aferrándose a él como el mono de un organillero. Mi hermana adoptada me mira implacable, consciente de que ha ganado: ahora ella es suya y yo soy la intrusa.

54

Me dan una amiga que no es mi amiga sino la hija de alguien a quien conoce mi madrastra. Es morena, intensa, con el pelo como el ala de un mirlo que se le abalanza por delante de la cara. Es la hija del escritor más famoso de Perú. Es huraña. Mi padre no es un escritor famoso y me preocupa que ese sea el problema entre nosotras. Yo no hablo suficiente español y ella no habla inglés, pero nadie parece haber pensado en eso. Nos dejan solas en el patio de atrás. Mi hermana adoptada está en el colegio y ahora la echo de menos. La niña del pelo negro recorre el borde de la piscina entero caminando con cuidado, punta, tacón. La observo. Le pregunto si quiere algo de aperitivo. No me responde. Entro en la casa. La observo desde la cocina, aún en equilibrio, punta, tacón, punta, tacón, por todo el borde de la piscina, ida y vuelta. Mueve los labios, lleva los brazos extendidos, en cruz. En ningún momento levanta la vista. Su criada viene a buscarla y la niña se va sin despedirse. Durante la cena mi madrastra quiere saber qué tal mi compañera de juegos.

—No está mal —respondo con impotencia.

—Bien —dice mi madrastra.

La niña no viene a jugar nunca más.

Visito de nuevo Lima y ahora la casa ya no está y vivimos en dos apartamentos, uno encima del otro. Si quiero ver a mi padre, tengo que usar el ascensor. Mi hermana adoptada y yo vivimos en el apartamento de abajo con los perros y el matrimonio que cocina y limpia para mi madrastra. Los perros se llaman William y Negrita. Son bajitos y respingones. No recuerdo los nombres del matrimonio. Estoy sentada en la cocina alicatada de blanco sobre un taburete de formica y me meto en la boca unas cucharadas colmadas de lentejas color marrón tierra con arroz. Después de almorzar podemos subir. Pulso yo el botón dorado del ascensor porque mi hermana adoptada vive aquí, así que ella puede hacerlo siempre. Nos apretujamos contra las ventanas de hoja de vidrio y respiramos sobre ellas, creando en el interior una niebla a juego con la niebla ondulante de fuera que empapa las vistas del mar. Esperamos a que llegue la tarde y entonces nos llevan al club. Allí hay piscina, y una playa con olas que te revuelcan y te ponen del revés y bocabajo y te escupen de nuevo a la orilla como el hueso de un melocotón. La playa está salpicada de sombrillas hechas con hojas de palma secas, y si te sientas ante una mesa de plástico blanca te traen *panqueques con dulce de leche*[1], que son unos crepes rellenos de un suave caramelo mantecoso y rociados con azúcar que hacen que la lengua me rezume y que los quiera todos; nunca son suficientes para que deje de querer más. Mi padre va allí a buscarnos después del trabajo y me deja pedir otro. A veces. Otras veces niega con la cabeza y chasquea la lengua y me tira del elástico del bañador, que me da un latigazo en los muslos blandos. «Más no, linda. No querés ponerte gordita». Dicho por su boca, eso rima con mamita.

Es Navidad y nos ponen unos vestidos fruncidos a juego, aunque el mío es azul por mis ojos y el de ella es rosa claro. Bajo el árbol hay más paquetes de los que he visto nunca y se me iluminan los ojos y corro atropellada de uno a otro y echo mucho de menos a mi madre. La faja se me clava en la cintura y no puedo respirar, pero echo mano de otro y otro y otro más, como si fuesen los rezumantes panqueques de caramelo y la

---

[1] En castellano en el original, igual que el resto de fragmentos que aparecen en cursiva.

56

dulzura pudiera saciar por completo mi añoranza. Me quito el vestido esa noche y me veo el pecho cubierto por la fina huella del fruncido en telaraña.

Volamos hasta una laguna de Perú que es propiedad de mi madrastra. No podemos llevarnos muchas cosas porque pesan demasiado para el avión. La pista de aterrizaje parece una frente en la selva. Es oscura y está llena de crujidos, y unos hombres con linternas nos ayudan a bajar del avión y nos llevan a unos *jeeps* aparcados bajo árboles escandalosos. Atravesamos la oscuridad como un tajo, entre baches, en una negrura llena de sonidos. Oigo agua. Nos detenemos de golpe. Nos montamos en unas canoas que se ladean y se mecen, y unas manos extrañas se alargan para agarrarme, para colocarme. Me siento, sujeto fuerte mi mochila, noto los cantos de los libros que se me clavan en los muslos, latas que se me hincan en la espalda. La voz de mi padre más adelante. Mi madrastra calmada, reconfortante. Avanzamos dando tumbos y luego con suavidad por el agua oscura, un agua que llega desde la orilla, rozando, siseante. Casas con techos de paja se aferran a los bordes del agua. Una de ellas sobresale encima de unos pilotes. Parece la cabaña de Baba Yaga; me preocupa que vaya a salir andando hacia nosotros, que haya una bruja dentro. Los hombres hacen crujir las barcas acercándolas a la orilla y bajamos y caminamos balanceándonos hasta las casas con techo de paja. Comparto cabaña con mi hermana adoptada. Nuestras camas son bajas y tienen encima unas redes extendidas. Nos desvestimos en la oscuridad, entre las dos hay una linterna tenue y hemos prometido no gastarla. Le indico por gestos a mi hermana adoptada que la apague. Hemos estado separadas tanto tiempo que ya no hablamos la una el idioma de la otra. Me meto bajo su red blanca y nos tumbamos juntas, amortajadas, y escuchamos los ruidos de la selva.

Hay otras familias aquí, amistades de mi madrastra. Están el escritor famoso y su hija. Jugamos a las cartas a disgusto en la cabaña de Baba Yaga. Mi hermana adoptada observa, con unos dientes pequeños y blancos, deformes como las diminutas perlas que el hijo de mi madrastra encuentra cuando bucea en la laguna. Se ríe con todo lo que hago. Aquí no hay nada fresco que comer más que pescado. Solo bebo la leche condensada de las latas. Mi padre trae cajas de esa leche para comerciar con los hombres que salen de la selva. La rocío en los cereales. Gotas blancas y pegajosas que crean un lodo espeso. Los copos de maíz se ahogan en dulzura. Tengo dolor de cabeza todo el tiempo. Sudo y leo y me acabo los libros demasiado pronto. Los pantalones cortos azules se me quedan chicos pero sonrío para que nadie se dé cuenta. Nadie se da. Quiero llamar a mi madre pero no hay manera de llamar desde la selva. Echo de menos la leche. Espero para volver a casa. Los adultos se ríen en su propio idioma y en una neblina de humo de tabaco.

Tengo diez años. Vamos a la capital de los incas, mi padre, su esposa, mi hermana adoptada y yo. Nunca he subido a un sitio tan alto. Llevamos ponchos de lana y sombreros de vaquero y el estómago se me revuelve y retuerce por estar a tanta altura entre las nubes y por pegar la oreja a las finas paredes del hotel para escuchar sus peleas. La voz de mi madrastra es igual de áspera que los ponchos. Oigo cómo se agrieta y solloza al otro lado de la pared. La ciudad tiene la ligereza de sus calles estrechas y la espesura de sus vendedores, que me meten entre las manos blancas y menudas unas muñecas de tejidos vivos, llaveros, camisetas.

58

Subimos aún más alto, hasta donde el aire parece tan fino que podría rebanarse con una uña. Es como la membrana de un globo ocular. Vamos en el tren que zigzaguea montaña arriba. Se tambalea adelante y atrás, un lento acordeón tallado en la roca vertical. Es inexorable, infinito. Me aferro al vagón para que él se aferre a la montaña. Todo está frío y luminoso y los pulmones y los ojos me queman. No hay nada que ver más que niebla. Nos agarramos a una montaña invisible envuelta en una telaraña. Mi padre lleva su chaqueta favorita, la mullida que tiene los parches cosidos, la de su época de piloto de carreras. La chaqueta cruje mientras mi padre habla. Está ansioso y agarra con fuerza a mi hermana adoptada en su regazo. Nos cuenta la historia de una ciudad legendaria a la que llegaron los incas huyendo de los invasores españoles, perdida para la historia durante siglos hasta que un hombre, un explorador estadounidense, decidido a encontrarla, hizo retroceder la selva y tejió un sendero por las montañas puntiagudas hasta la cima, donde se topó con toda una ciudad silenciosa. Es una historia que ya me sé, porque siempre hay una doncella que lleva dormida cien años y un caballero que debe abrirse camino por el bosque para encontrarla. Me muero de ganas por ver el castillo, y a lo mejor hay una princesa, una que nadie haya visto hasta ahora. Esa idea me consuela mientras reprimo las mareas de náuseas y la presión que me aporrea las sienes. Mi hermana adoptada lloriquea y se tumba en el regazo de su madre. Yo me levanto y miro fuera y me hinco las uñas en las palmas de las manos para evitar gritar. Mi padre asiente en gesto de aprobación. Tengo el sabor de la bilis en la boca mientras subimos cada vez más alto, pero no hay vuelta atrás. Mi madrastra observa a mi padre. La neblina se vacía en el cuenco de los Andes. Estamos aquí.

Estamos aquí. Llegamos a la cima, salimos atropellados, inestables. Nos tambaleamos hasta la taquilla con pasos desnivelados. Estoy ansiosa, desesperada por demostrarle a mi padre que la altitud no me perturba en absoluto y por ver con mis propios ojos cómo es esta ciudad perdida. Sigo a mi padre, dando saltos de alegría, con hambre de oro inca.

Pasamos por la taquilla y salimos a la luz húmeda del sol. Mi padre se detiene, suelta un suspiro y me pone una mano en el hombro. Yo frunzo el ceño. Miro hacia donde mira él. Aquí no hay castillos. No hay chapiteles, ni ventanas abovedadas, ni puertas con candados, ni sótanos, ni buhardillas, ni escaleras secretas veteadas con enredaderas de espinas. Solo hay una vasta planicie silenciosa con piedras grises colgadas de muros largos y bajos. Van tejiendo la meseta, subiendo y cayendo. Hay arcos y bancales, hileras e hileras de pequeños recintos, muros que ascienden y caen, que trepan por cimas de montes y coronan en un mirador, un altar, un templo. Parece todo dejado. Una colmena abandonada. Extrañas cajas de aire sin tapa abiertas al cielo de arriba. La ciudadela está acurrucada entre cimas verdes que aguijonean las nubes y las piedras grises y ceñidas, que reposan calladas, como en obediencia. Suspiro con decepción y con el anhelo de vomitar y tumbarme. Mi padre me aprieta el hombro.

—Sabía que te iba a encantar.

Pasamos el día explorando los senderos, la temperatura cada vez más alta, el rugido de un río abajo, el sonido de nuestro guía y de otros como él poniendo nombre a nuestro camino entre las ruinas. Baños, prisión, tumba, desagüe, garita, templo del sol, máquina expendedora. Nos quitamos capas, tomamos bebidas cálidas y pegajosas, tejemos un camino entre piedras antiguas y templos sin techo hasta el último borde bajo un cielo doliente. Me dan miedo los bordes, los altares y las caídas, y los pájaros que se mueven describiendo arcos por encima. Mi padre se desplaza rápido, hace preguntas, comparte respuestas conmigo, frunce el ceño cuando ve a mi hermana adoptada descansando sentada a la sombra de un arco, con la cara apoyada en la piedra, mi madrastra sacudiendo la cabeza. Por fin, cuando la mente ya no da para más, llega la hora de marcharnos. Nos reunimos en la sala de espera para que el funicular nos baje de vuelta por la montaña. Aquí hace frío y el largo día está acabando. Nos abrigamos en silencio y mi padre se da cuenta entonces de que ha perdido la chaqueta. Nos pregunta por turnos si la tenemos. Negamos con la cabeza. Se da palmaditas por el cuerpo como si se la hubiese escondido él mismo en algún sitio. Le pregunta a mi madrastra por qué no la tiene. Insiste en que se la dio a ella para que la llevase, quizá incluso para que se la pusiera. Los labios le palidecen. Tiene los ojos menudos y negros como cuentas incas. Nunca lo he visto así. Ella era quien la llevaba, quien estaba a cargo de la chaqueta, cómo ha podido soltarla, cómo ha podido extraviar algo tan preciado. La sala se va haciendo más pequeña según se enfurece mi padre, hasta un punto en el que casi no cabe ya en ella, y entonces se marcha con un estruendo. Nos sentamos. Esperamos. No puedo mirar a mi madrastra. No puedo creer que haya podido perder algo tan preciado. No puedo creer que no cuide mejor el amor de mi padre.

Mi madrastra se pone las gafas de sol. Mi hermana adoptada dormita en el regazo de su madre. Yo saco mi libro. Leo *La cabaña del tío Tom* en la cima del Machu Picchu. Hay una foto mía leyéndolo. Llevo un poncho marrón y un sombrero de vaquero. Estoy sentada con las piernas cruzadas. Leo sobre escapadas y sobre el sometimiento de cuerpos morenos a manos del hombre blanco mientras estoy sentada en la cima de una montaña a la que, siglos atrás, otros cuerpos morenos huyeron para escapar del puño del hombre blanco. Pero yo no sé nada de esto. Solo sé hundir mi dolor como un puñal caliente en las frías profundidades de la página escrita. Sé sumergirme y desaparecer, y todos los libros que he leído en mi vida me han abierto sus páginas con la promesa de resguardarme, de no abandonarme nunca, de nunca dejarme ir.

Mi padre regresa con las manos vacías. No habla con nadie durante el resto de la tarde. En silencio viajamos montaña abajo, nos deslizamos de vuelta al hotel, a nuestras habitaciones. Mi padre retiene el silencio como una fortaleza perdida y nosotras deambulamos por sus ruinas.

Años después, en un balcón caluroso con vistas a una serpiente de tráfico que se enrosca por Buenos Aires, le pregunto por la chaqueta que perdió en la cima de los Andes. Mi padre adopta una expresión pensativa. Se le ha olvidado. Me dice que llevaba cocaína en el bolsillo. Me dice que le encantaba esa chaqueta, y toda su historia, pero que estaba más preocupado por haber perdido su alijo. Resopla, lanza el porro de un papirotazo por el balcón y estira la espalda.

Tengo diez años. Es mi última noche en Lima. Mi padre ya no vive con mi madrastra. Ahora tiene su propio apartamento. Hay poca luz y es todo de madera, y hay una silla de piel negra que gira y se reclina. Mi padre prepara perritos calientes con arroz y queso para los dos y me enseña a jugar al backgammon. Pierdo sin parar una y otra vez y él se ríe ante mi cara tensa y yo lo odio. Me toca irme a la mañana siguiente y no puedo hablar. No sé cuándo lo veré de nuevo y sé que no debo preguntárselo porque entonces dejará de reírse y me volverá la cara. Duermo en el sofá, arremolinada como un puño.

A la mañana siguiente mi padre me sube al avión, me abrocha en mi asiento, me coloca una cartera escolar en el regazo y me da un libro viejo y gordo en tapa dura con unas letras doradas en el lomo. Lo reconozco de su estantería.

—No levante la vista hasta que llegues —me dice.

Me da un beso, le sonríe a la azafata, que resplandece, y se baja del avión. Lo observo alejarse y ahora los ojos y la raíz de la lengua me duelen pero no debo sentir eso, porque me voy a casa con mi madre, a la que he echado de menos sin palabras, solo con los huesos. La señora del avión me pone una mano en el hombro. No la noto. Lo veo atravesar la pista con la cabeza alta. Mantengo el bolso en el regazo. Lo sujeto como un oso. Y entonces empiezo a leer. Leo con el libro apoyado en el respaldo del asiento mientras me como todo lo que me ponen por delante. Luego hago una pausa para ir al baño y allí saco la bolsita que mi padre ha metido para mí. Es de color amarillo claro y tiene un símbolo inca naranja. Dentro hay un peine, una toalla pequeña, un espejito y una caja diminuta de plástico rectangular. La abro y me encuentro el cabezal de un cepillo de dientes con el mango guardado al lado y, encajada entre ambas, la pasta de dientes más pequeña que he visto jamás. Entremeto los dedos gordos para sacarlo todo y entonces reparo en la notita que hay pegada en el interior de la caja. Es un trozo de papel, recortado al tamaño adecuado, con una cara de sol sonriente y la palabra «Sonríe» escrita con la letra de mi padre. Apoyo la cabeza en la pared del avión y lloro hasta que se me seca el corazón. No pienso utilizar el cepillo de dientes por si accidentalmente derramo agua en la nota, así que vuelvo a colocarlo con cuidado en su sitio, me lavo la boca con agua, me seco la cara enrojecida y regreso a mi asiento. El libro es la historia real de un hombre que fabrica una balsa de madera y navega de Perú a la Polinesia para demostrar que siglos antes otros hombres habían hecho lo mismo. Lloro mientras leo, me empujo las palabras muy dentro, lleno mi pozo de piedras. Acabo el libro para cuando aterrizamos. Está junto a mi mesa mientras escribo esto.

Regreso de esos viajes a los brazos de mi madre. No tengo palabras para describir lo que en realidad han sido esas excursiones. Comparto lo que sé que resulta agradable, los sitios viajados, las lecciones aprendidas, los mitos. Lo retengo todo como perlas de semilla dragadas del fondo de una laguna oscura. No tengo manera de decir: Te he echado de menos, te he extrañado, y ahora que estoy aquí lo echo de menos a él, y dónde voy a guardar ahora toda esta añoranza. Debo protegerlos a todos de la ferocidad de mis sentimientos. Así que me guardo la añoranza en la barriga, y a quien quiere escucharme le suelto una charla sobre la ciudad perdida de los incas y los marineros de la isla de Pascua.

Catamarán

Tengo nueve años. Ahora que mi padre vive en Perú debo volar sola para ir a visitarlo. Lo organiza para encontrarse conmigo a mitad de camino. Vuelo sola hasta una isla del Caribe. Llevo una cartera escolar repleta de libros, una etiqueta con mi nombre colgada al cuello y miro fijamente el suelo para no llorar cuando mi madre me dice adiós con la mano desde el *finger*. Llego a un halo de calor húmedo, mi padre tiene un *jeep* con la capota abierta y una camisa de cuello abierto. Lleva una cadena de oro larga que no le he visto antes. De la cadena cuelga un amuleto pequeño. Se lo ha dado su chamán, me cuenta. *Un brujo.* No debe quitárselo nunca. Nos alojamos en un hotel situado sobre la arena rosa. Tenemos dos días para estar juntos y siento que las horas se me cuelan entre los dedos como la arena rosa. Llevo el bañador de rayas que me regaló mi madrastra. Debo ser muy buena porque esto es muy divertido y aquí no tengo que compartir a mi padre con nadie. Mi padre alquila un catamarán para el día entero y lo sacamos al mar. Le pregunto si ha llevado alguno antes. Me asegura que sí. Sé de inmediato que no. Nos alejamos de la isla. Hacemos buceo con tubo. El agua está transparente, los colores son brillantes. Mi padre se sumerge muy hondo, me corta un trozo de coral con la navaja. Sale a la superficie con él, reluciente. Ambos sabemos que no está permitido. El coral palidece en mi regazo. Se levanta una brisa insular. El viento se vuelve oscuro. Pido que volvamos. Mi padre se coloca en un borde del catamarán acarreando una cuerda. El catamarán se inclina sobre un costado. Creo que no es así como debería navegar. Uno de los cascos asoma entero del agua, como bostezando. La vela se tensa, se agarrota. Nos deslizamos por el agua. Vamos en perpendicular al océano, solo un casco nos ancla, el otro gotea blanco frente al cielo que se oscurece. Me aferro al casco, que sigue en el agua mientras rebotamos y sobrevolamos las olas, la vela tirante, el rocío salado untándonos enteros. Vamos haciendo windsurf con un catamarán de costado. No quedan más barcos reposando en la bahía. Le grito a mi padre. Le pregunto si es así como se dirige esto.

—¡Por supuesto! —me responde con otro grito.

Tiene los nudillos blancos. El amuletito le rebota en el pecho resbaladizo. Me doy cuenta de que está enfadado. Sujeto el coral a mi chaleco salvavidas.

Nos escurrimos y derrapamos hasta la orilla y chocamos contra la arena irregular. El hombre que alquila los catamaranes avanza por el agua hasta nosotros negando con la cabeza, chasqueando la lengua, gesticulando furioso. Mi padre lo despacha.

66

Me mete prisa para cruzar la playa de vuelta al hotel, riéndose. Esa noche se bebe tres whiskies y los ojos le brillan. Le digo cuánto me he divertido. Y es verdad. Y no. Después, durante años, cada vez que veo a alguien navegando tranquilamente en un catamarán, con los dos cascos en el agua, pienso que está haciéndolo mal. Espero a que lo vuelque sobre un borde, a que le rebote la espalda contra el océano como a nosotros. Siento pena por esa gente y por su navegación suave y plana. Aunque, en el fondo, sé que es mi padre quien lo hacía mal.

Sal

Mis padres van a París de luna de miel. Ella tiene dieciocho años, una espiga de trigo nueva bajo la luz del sol. Él tiene veintiséis y parece una estrella del cine francés. Vuelan a París con unos billetes que les regala mi abuelo y se alojan en un hotelito cuyo nombre nadie recuerda. Pasan cinco días allí. Hay una foto de mi madre fumando, mirando a lo lejos, con el río detrás. Parece muy íntima, perdida en sí misma. Es lo opuesto a la desnudez que asociamos a una luna de miel. Le pregunto por esa fotografía. Estamos encerradas en casa, cada una en una punta del mundo. Hay tiempo para hablar y no hay otra cosa que tiempo porque el mundo se ha detenido. Ahora que se nos ha despojado de todo lo demás, lo único que tenemos es intimidad. Le pregunto cómo se conocieron mi padre y ella, cómo fueron el noviazgo, la boda, la luna de miel. Ella habla, yo escucho, aunque estas historias ya me las sé. Son las versiones autorizadas. Lo que yo busco aún no se ha dicho en voz alta. Me mareo, deslumbrada por su recuerdo de los hechos, de los detalles. Yo espero.

Le pregunto cómo se sintió en la luna de miel. Vacila. Entro a empujones. Mi madre cierra los ojos. Yo la oigo. Se está tumbando en la cama que ha compartido con mi padrastro los últimos treinta y cinco años. La oigo caer en el pozo de sí misma tratando de escuchar un eco de la verdad (en mi familia, la verdad es el borracho sin pelos en la lengua al que invitamos por obligación en Navidad, ese pariente al que sabemos que hay que tenerle cariño pero con el que nadie quiere hablar). La veo atrapada entre el deseo de protegerse y las ganas de compartir lo que no se ha compartido nunca antes.

—Nuestra luna de miel fue dura —dice—. Nos estuvimos peleando desde que llegamos.

Le pregunto por qué.

—Tu padre no tenía plata —responde.

Le pregunto a qué se refiere.

—Me refiero a que yo pagué el hotel. Pagué con el dinero de mis padres. Era mi dinero, el dinero de mi boda. Mi dinero para empezar nuestra vida nueva. No podía creer que tu padre se hubiese ido de luna de miel sin tener forma de pagarlo. Yo nunca había conocido a ningún adulto sin plata. Nunca se me hubiera ocurrido que era posible. —Respira—. Creo que ese fue el principio del final.

Tengo doce años. Mi padre viene a visitarme. Trae a una novia. No es mi madrastra. No la había visto antes. Es una mujer que parece un lobo. Es impaciente con él, con nosotros, con la vida. Lleva un abrigo largo y blanco y tirita de frío. Se alojan unos días en un piso que les han prestado en la zona de Londres en la que están los museos, pero no vamos a ningún museo. No hay una cama para mí donde se hospedan, así que mi padre me recoge de casa de mi madre por la tarde después de clase y cenamos en restaurantes desconocidos.

En el otro Londres, cuando soy más pequeña, mi padre, mi madrastra, mi hermana adoptada y yo vamos a restaurantes los sábados por la noche. Vamos a un restaurante nuevo estadounidense en el que te traen un costillar entero, oscuro. Nos sentamos en reservados de madera con luces tenues y baberos de plástico atados al cuello y la sonrisa de todo el mundo tiene el tamaño de Estados Unidos. Llega la comida gigante, bandejas de costillas y cestas con aros de cebolla humeantes y dorados y con patatas fritas gruesas como mi pulgar. Mi padre y yo nos damos un banquete con los dedos pringosos y oscuros mientras mi madrastra picotea en la lechuga acuosa y mi hermana adoptada, diminuta en el rincón oscuro del reservado, nos observa, asimila nuestras maneras. Nos limpiamos los dedos revolviéndolos en los cuencos de agua caliente con unas rodajas de limón flotando y rechazamos el postre porque estamos llenos. Otras noches vamos al restaurante italiano con los manteles blancos y las macetas de palmeras, donde siempre nos acompañan hasta la misma mesa del fondo, me retiran la silla como a una adulta y, sin preguntar, nos traen milanesas de ternera, crujientes y relucientes, platos de queso blanco y esponjoso con capas de tomate y albahaca. Aquí vengo sola con mi padre. Es aquí donde aprendo a exprimir limón sobre la comida frita, a echarle sal a todo incluso antes de probarlo, a pasar del pan, aunque no siempre. Aquí comemos en silencio, en amor. De mi padre me viene la adoración por la carne curada, la aceituna, la patata frita, la alcaparra. La sal es lo que compartimos. La sal nos conserva, el azúcar nos corrompe. Pero ahora, con la señora lobo, todo es distinto. Vamos a restaurantes que no conozco y en los que los camareros no nos conocen. Hay una sensación de prisa y falta de amor. Mi padre está alterado, siempre en movimiento. Se muestra impaciente conmigo. Mira con frecuencia a la señora lobo, en busca de acuerdo, de consentimiento. Nunca antes lo he visto pedir permiso. Ella es inalcanzable.

Tengo una cuenta propia en el banco. Viene con un talonario de cheques con una tapa azul claro y la silueta de un pájaro blanco en el anverso. Practico mi firma con cuidado una y otra vez. Los cheques de dentro llevan mi nombre y el nombre de la sucursal, que es el pueblo en el que vive mi abuela. Mi abuela conoce a la cajera del banco por su nombre, la ve todas las semanas. Vamos juntas para que yo ingrese el dinero que me regalan por mi cumpleaños, por Navidad. Lo conservo como en salazón. Me encanta mi talonario. Me hace sentir que existo en el mundo. Los extractos son emocionantes. Ahí está mi dinero, existiendo sin mí, intacto, fiable y completamente mío.

Mi padre me suelta de nuevo en casa de mi madre. Me cuenta que necesita que le preste mi dinero. Me lo devolverá de inmediato, dice. Solo lo necesita durante una semana por un desajuste puntual, está a punto de cerrar un trato, es solo cuestión de tiempo. Me pide que no se lo cuente a mi madre porque no hace falta, porque estará todo de vuelta dentro de una semana. A la mañana siguiente viene a recogerme con la señora lobo. Vamos en taxi a una sucursal de mi banco que no conozco. La señora lobo paga el taxi. Espera fuera y nosotros entramos. No recuerdo firmar el cheque. No recuerdo al hombre de detrás del cristal aceptándolo, con la calma de un crupier, preguntándome si iba a comprarme algo divertido con todo mi dinero. No recuerdo coger los billetes grandes y brillantes y desprenderme de ellos y observar a mi padre doblarlos para metérselos en el bolsillo como si fueran suyos. No recuerdo a la señora lobo fuera esperando, fumando entre las palomas de la calle. Recuerdo que mi padre se lleva todo lo que es mío y que nunca me lo devuelve ni volvemos a hablar de ello.

Tengo seis y siete y ocho años. Mi padre vive en Londres y trabaja en el mercado de futuros. Se juega el dinero de otra gente en un futuro en el que aún no vive nadie. La vida es prístina ahí fuera en ese futuro intachable. Mi padre gana una fortuna. Tiene coches de carreras y ponis de polo. Me compra vestidos que no necesito y abrigos a juego. Prospera en esta tierra desconocida porque se niega a ocupar el presente. Nunca en su vida acepta un empleo con un sueldo fijo. Trabaja siempre a comisión, apuesta su mundo a un futuro que tiene la certeza de poder predecir y controlar. Cree con fervor en un mundo que solo él puede ver. Mi padre vive como el paracaidista de caída libre en el que se convertirá. Se pasa la vida saltando a lo desconocido, desafiando las leyes que rigen para todos los demás, a la espera de que las consecuencias le lleguen más tarde.

Mi padre está en la habitación de un hotel de Marbella. Sobre la cama hay una bolsa negra de nailon. Se lía un porro. Está esperando que suene el teléfono. Ha venido desde Perú a comprar cocaína. Va a comprar un kilo, para vendérsela a

73

amigos y a amigos de amigos. No es traficante, no tiene tiempo para eso. Es un hombre con dinero y amistades rápidas que le quitarán la cocaína de las manos. Lleva años consumiendo, un pellizco aquí y allá, aunque cada vez más. Está siempre controlando demasiado a su entorno como para permitir que lo controle a él. Pero tiene un hambre constante de todo, odia perder una oportunidad. Espera. Suena el teléfono.

Conduce hasta la casa del hombre con el que debe reunirse. Se trata de una construcción baja y blanca en la playa, con una cancela. Unos hombres armados se acercan a su coche en mitad de la oscuridad. En la entrada florecen las buganvillas. Le indican que pase al interior. El salón tiene una iluminación tenue, fuera relucen unos cubos de color blanco y el mar oscuro. Mi padre deja la bolsa de nailon en el suelo, toma asiento. El hombre al que ha ido a ver entra en el salón. Tiene el pelo lustroso, con la raya a un lado; se le distingue por dónde han pasado las púas del peine despejándole el cuero cabelludo. Lleva una camisa de manga corta y alarga los gruesos antebrazos hacia mi padre para saludarlo. Es propietario de gran parte del litoral meridional. Por gestos le indica a alguien en la sombra que le traiga a mi padre la droga. Mi padre le entrega la bolsa, pero el hombre al que ha ido a ver la ignora como si no tuviese importancia. El intercambio está hecho. La cocaína está en manos de mi padre. Pesa lo mismo que la mitad de un costillar oscuro y pringoso. Fuera crepitan disparos. Los dos se dan la vuelta. Las puertas se abren de golpe. Altercados, luces cegadoras, órdenes, gritos. Hombres nuevos, hombres con armas, placas y sirenas que se ciernen sobre ellos, inmensos, con botas negras, gritándoles que se lleven las manos a la cabeza, que se tumben inmóviles, que se aparten de la puñetera bolsa. El hombre al que mi

74

padre ha ido a ver está en el suelo, bocabajo. Mira fijamente a mi padre, con la mejilla pegada al mármol blanco y frío, y mi padre, con el corazón a punto de salírsele por la boca, la sangre bombeándole en los oídos, los ojos abiertos a la amplitud del mar reluciente y oscuro, le devuelve la mirada.

A mi padre lo condenan a pasar cinco años en una cárcel española por posesión con intención de distribuir. El hombre al que fue a ver mi padre llevaba meses bajo vigilancia policial. Mi padre es el cliente que por casualidad estaba en esa habitación cuando se presentó la policía. Los padres de mi padre venden la casa que construyeron con sus propias manos para pagar la apelación. Buscan a un médico que, a cambio de la suma adecuada, testificará que mi padre es un adicto y que compró un kilo de cocaína para consumo personal, sin intención de suministrar nada. Mi padre se pasa catorce meses en una de las cárceles con peor reputación de Europa. Tengo trece años. Nadie me cuenta dónde está.

Tengo dieciocho años. Estoy sentada con mi padre en un balcón con vistas a Buenos Aires. Unos rayos empalman el cielo a nuestra espalda. Apenas lo percibo. Mi padre me está contando sus experiencias en la cárcel, por primera y última vez. Estamos fumados, nos pasamos un porro. Me cuenta que estaba protegido, que lo trasladaron a una sección para delincuentes de guante blanco. Me dice que puso en marcha un periódico en la cárcel. Me dice que empezó a hacer yoga. Me dice que sufría de acidez estomacal y que, como no había medicación para él, sencillamente le dijo a su cuerpo que dejase de generar ácido y su cuerpo obedeció. Me dice que fue a su aire y que nadie le dio problemas. No tengo ni idea de si está mintiendo. Tampoco tengo manera de saberlo. Nadie cuenta mejor una historia. En ningún momento habla de vergüenza, ni de arrepentimiento. En ningún momento habla de terror ni de soledad. Me cuenta que empezó a hacer un periódico.

Tengo trece años. Estoy en un internado. Durante un año recibo cartas de mi padre. Una vez a la semana. Tienen matasellos de España. Cartas azules del correo aéreo con el grosor de una gasa, repletas de su letra apretada. Me pregunto por qué no me visita si está tan cerca. Me lo pregunto, aunque sé muy bien que no debo preguntarlo porque ya sé que no me dirán la verdad. Las cartas están llenas de historias y vacías de noticias. Me escribe sobre el niño al que mandan a la cama sin cenar y que aparece de pronto en una tierra de monstruos. Me escribe sobre los viajes de ese niño con su tío pirata. Me escribe sobre países inventados, escaramuzas y trueques que se tuercen. Al principio leo las cartas, contenta por recibir algo de mi padre. Estoy acostumbrada a que no sepa cuántos años tengo, a que no entienda bien mis intereses, mi madurez. Las ojeo, en busca de la promesa de visitarme. Nunca está ahí. Dejo de leerlas, las guardo en mi escritorio y no se lo digo a nadie. Me da vergüenza que mi padre me envíe ficción. Me da vergüenza no saber dónde está. Y me da demasiada vergüenza preguntar.

Voy a casa y registro el escritorio de mi madre. No sé lo que estoy buscando pero sé que debo buscar algo. Encuentro un sobre grande y marrón en uno de los cajones de abajo y me lo llevo al baño de mi madre, el único lugar con pestillo. La solapa está remetida, no cerrada, y vacío el contenido en el suelo.

Fotocopias de documentos que mencionan a mi padre, facturas de abogados con el nombre de mis abuelos, testificaciones traducidas al inglés cubren el suelo del baño. Leo encarcelado, cocaína, condenado. Me palpitan las muñecas y me olvido de respirar. Ojeo lo que veo y no quiero ver nada más. Uso el propio sobre como pala para guardar los documentos, lo agito para que se recoloque todo, remeto la solapa y regreso de puntillas al escritorio de mi madre. Todos esos sobres, los azules y el marrón, los empujo hasta el fondo de mi estómago. No quiero saber lo que sé. Si pregunto, obtendré una mentira. Y si pregunto otra vez, obtendré la verdad, que es peor.

En el internado nos permiten tener una única fotografía en nuestra cómoda. Recorro los dormitorios estudiando las fotos. Todas me parecen la misma. Madres y padres con perros, niñas con hermanos, setos y césped. No encuentro un marco lo bastante grande para abarcar a mi familia. Tengo un padre y una madrastra, una madre y un padrastro. Tengo dos hermanastros, un medio hermano y una hermana adoptada. Hablo un segundo idioma porque mi madre se ha asegurado de que lo hable para comunicarme con mi familia, pero nadie más habla este idioma. Mi madre ha hecho todo lo posible por darme una vida normal. Pero yo no soy normal. No soy como estas otras niñas. Sus padres vienen al Día de Actividades, altos, con abrigos azules. Bostezan durante los villancicos y ayudan a cargar el coche. Mi padre es piloto de carreras y juega al polo. Es incorregible, suspiro. Viaja constantemente, les digo a las niñas. Ninguna lo ha visto nunca.

Estoy en Latín. Mi profesora, que es irlandesa y habla latín con deje irlandés, y así es como lo oigo en mi cabeza el resto de mi vida, levanta la vista. Hay una monitora en la puerta del aula, me indica que salga. La sigo hasta el despacho de la directora preguntándome qué habré hecho. El pasillo es largo, decorado con tapices polvorientos. Conforme avanzo huelo a *aftershave*. Es el *aftershave* de mi padre. Está suspendido en el aire como un cántico distante. Intento no correr porque seguro que es el padre de otra, aunque ningún otro padre se pone tanto *aftershave*, y ahí está, inverosímil, recio, en el vestíbulo, con la cabeza rapada, los brazos abiertos de par en par. Ahora sí corro y estoy entre sus brazos y tengo la cara en su pecho, que es muy fuerte y muy ancho, y nunca voy a dejarlo ir, nunca. Los sobres azules y el marrón me revolotean en el pecho, están por el aire.

Empiezo a hablar. Hablo porque sé que él no puede. No puede contarme dónde ha estado y yo no puedo preguntar. Así que empiezo a hablar. Hablo para no fijarme en que ahora el pelo negro lo tiene gris y corto, como limaduras de hierro. Hablo para no fijarme en las hondonadas abiertas bajo sus ojos. Hablo para no ver que la belleza se le ha drenado. Le enseño el internado entero como si mi padre estuviese pensándose mandar a su hija a estudiar ahí. Lo encandilo como si fuese un padre en potencia, no uno real. Le enseño las pistas de squash, las bibliotecas y las taquillas. Se lo enseño todo salvo a mí misma.

Mi padre está agotado. Aquí hay más oxígeno del que ha tenido en dieciocho meses. Ha salido de la celda hace menos de veinticuatro horas. No ha visto tanto verde ni a tantas mujeres jóvenes en casi dos años. Es duro seguirme el ritmo. Sonríe, cansado pero con disposición. Paro a todo el mundo para presentárselo, a todo el mundo, para que las niñas vean que existe, que es real, que es mío. Me quedo sin cosas y sin gente que enseñarle. Vamos a la ciudad porque podemos hacerlo, aunque solo sea esta vez, aunque haya clase, aunque sea día de diario. Vamos a la tienda de comestibles que es de lujo, a la que suele ir mi familia solo en ocasiones especiales y para caprichos. Mi madre, que me ha traído a mi padre directamente desde el aeropuerto, ha sacado dinero del monedero y se lo ha dado para que pueda gastárselo en mí. Y mi padre agarra una cesta y la abarrota de chocolate, galletas, dulces y caramelos. Está aturdido, exultante. No tengo palabras para decirle, para recordarle, que no me gusta el chocolate. Que nosotros no comemos cosas dulces. Que nunca las hemos comido, él y yo. Noto que el día mengua, noto que sube la marea de su marcha. Noto la cuerda que se tensa en mi pecho y los sobres azules y el marrón que revolotean de vuelta a donde residen.

No recuerdo a mi padre irse. Creo que mi madre lo recoge de nuevo y lo lleva de vuelta al aeropuerto. Recuerdo a mi padre prometiéndome regresar al internado para visitarme (nunca lo hace). Recuerdo caminar hasta mi dormitorio con una bolsa llena de dulce en la mano y un sabor amargo en la boca. Me tumbo de cara a la pared, con la bolsa bien sujeta contra el pecho, como si así pudiera mantener a mi padre conmigo. Esa noche, más tarde, comparto el azúcar con mis amigas, sin que me importe mi nueva riqueza. Me guardo una pastilla de chocolate, la retengo en la lengua, tratando de entender la amargura.

79

Regreso

Mi padre está de pie desnudo bajo un ventilador de techo en un apartamentito alquilado de un rascacielos que su madre le ha encontrado a las afueras de Buenos Aires. Presiona con cuidado la plancha caliente, describiendo la curva del cuello de su única camisa buena.

Se sienta en la sala de espera del bufete que lleva un amigo suyo del colegio. Tiene once dólares en el bolsillo. Junto a él tiembla una orquídea. Lo hacen pasar, lo reciben con los brazos abiertos. Ahí están el título de abogado en la pared, los marcos de plata con esquiadores que ríen en la nieve, en el agua, el destello de unos gemelos dorados mientras el amigo le ofrece café, té, agua con hielo. Es el único amigo que sigue respondiendo a las llamadas de mi padre. El amigo es amable pero no puede ofrecerle nada más que un café. Aquí no hay trabajo para él. La sociedad mantiene a mi padre en la punta fría de la lengua.

Mi padre se sirve una copa del mueble bar con ruedas de mi abuela. Se acaba una y se sirve otra. Mi abuela esparce sus preguntas junto a la ceniza del cigarro. Mi padre responde a lo que él elige, la deja hablar sobre las hermanas, sobre cómo está el mundo, mientras se empapa en el whisky de su madre y en el foco fijo de su amor. Mi padre no ve ningún futuro, solo oye el tintineo de las cadenas del pasado.

Dioses

La madre de mi padre vaticina el nacimiento de su único hijo varón. Es jueza, una mujer de escritos legales y pruebas sólidas, no una soñadora. Una noche, en la cama, inquieta y pesada, sueña que está a la mesa del comedor cenando con su esposo. Detrás de él, en la pared, se abre una grieta enorme y el cuadro que hay colgado se ladea. La mujer baja la mirada y se nota el regazo húmedo. Ha roto aguas. Se despierta asombrada. Le cuenta el sueño a todo el mundo. Semanas después el mayor terremoto en la historia de Argentina sacude las provincias del norte y las réplicas se sienten en toda la nación. En la capital mi abuela se pone de parto. Decenas de miles de personas desaparecen en la tierra mientras mi padre llega al mundo. La historia del sueño de mi abuela entra en la mitología. Mi familia lo llama «la crónica de un nacimiento anunciado».

Nacer como respuesta a una profecía en mitad de un cataclismo es una responsabilidad considerable. Es el relato de la llegada de un dios menor. Mi padre se pasa la vida buscando maneras de estar a la altura del trueno que anuncia su nacimiento.

Durante años mi padre lleva un amuletito negro colgado al cuello en una cadena de oro. Un cilindro negro revestido de un encaje dorado que parece una máscara tribal; es del tamaño de la uña de mi pulgar. Se lo da un chamán que los trata a él y a mi madrastra durante muchos años. El chamán atiende a la élite de Perú. Nació entre una pobreza y violencia extremas, en los barrios bajos de Lima, y se le concedieron el don de la vista y el de las lenguas, y es muy muy poderoso, me cuenta mi padre. Lo veo una vez, fugazmente. Tiene el pelo negro, y le brilla y no se le mueve cuando baja el brazo para darme la mano. Miles de marcas de viruela le abollan la cara y sigo oliendo su *aftershave* mucho tiempo después de que se haya ido. Me pregunto si las cicatrices de la cara serán de balas y por qué su magia no puede curarlas.

Lima. En mi boca es una palabra húmeda y salada. Una ciudad de extremos, de luz frágil del sol y niebla acuosa y pegajosa, de los muros altos y blancos de la riqueza y poblados húmedos de cartón que flanquean desagües abiertos. Un lugar en el que el catolicismo y la magia negra se enroscan el uno en la otra, con lo sagrado y lo profano enredados como siameses que duermen en un mismo colchón. Toda la gente que conozco consulta a un médico, a un cura y a *un brujo*.

Mi padre lleva su amuleto durante años, aunque le desaparece del pecho cuando sale de la cárcel. Un hombre de uniforme azul le pasa un sobre de papel manila por debajo de una ven-

84

tana de metacrilato. Mi padre lo agarra, se va a una salita contigua y vacía el contenido sobre una mesa. Ahí está su cartera, gastada y ligera, adornada con el monograma de un diseñador francés; una vez viajó con unos ladrillos de equipaje a juego. Su reloj, pesado y frío, que ahora le queda suelto en la muñeca. Sus gafas de sol, unas gafas de piloto, un verde tintado frente al sol, y esa cadena fina con la suerte enroscada. La sostiene con el brazo estirado y la observa, la deja caer en la papelera que tiene al lado; o la abandona en la mesa, serpentina encima del sobre, para que otro decida su suerte; o la recoge y se la guarda al fondo del bolsillo, siempre supersticioso, por si lo peor está aún por venir.

Me bautizan en la religión católica, pero de pequeña, cuando visito a mi padre los fines de semana, no vamos a la iglesia. Los domingos vemos películas, comemos fritos y sacamos a los perritos de paseo. Mi padre se marcha de Inglaterra y entonces paso los fines de semana con mi abuela. Ahora soy protestante. Los sábados vamos en coche hasta su iglesia, un lugar pequeño con un campanario y tumbas silenciosas, y bancos discretos en los que todo el mundo sabe dónde sentarse y cuándo ponerse en pie. Vamos cargadas con flores que mi abuela corta de su jardín, lilas que se amontonan y se balancean esparciendo su intenso aroma púrpura, y un manojo de guisantes de olor que arranco del vallado al que se aferran en la pista de tenis de mi abuela. Vaciamos el agua apestosa de los jarrones de la semana anterior en el fregadero sumido en la frialdad de la sacristía y, como no puedo manejar la garra de hierro de las tijeras de podar, me quedo libre para deambular mientras mi abuela recorta. Me deslizo por los bancos pulidos, apilo los reclinatorios en montones de cinco y me tambaleo de rodillas sobre ellos, arranco musgo de las tumbas y observo la espalda de mi abuela, sus piernas largas y rectas embutidas en unos pantalones azules y esbeltos, la cabeza alta, las manos firmes en las tijeras. Este momento es privado, es nuestro. Dios aún no ha llegado. Él viene los domingos, cuando tenemos que volver a la iglesia para el servicio religioso y el pastor está aquí, así que ahora en la salita del lateral hay vino y Dios está dentro. Debo mantenerme en pie y no tumbarme, ni deslizarme, ni arrancar musgo. Debo portarme bien porque ahora Dios puede verme.

Voy a un internado en el que acudo a la capilla a diario y una hora entera los domingos. Vienen hombres que nos sermonean desde el púlpito. A veces me conmuevo. Por lo general me pregunto cuánto tiempo queda para comer otra vez. Me muevo entre un mar de jóvenes con capas azules, rozada por las mareas de la soledad, la amistad y el apetito.

Me hago amiga de una chica un año mayor que yo. Somos las únicas que tienen padres divorciados, que tienen dos Navidades, que tienen padrastros y hermanos ajenos, que se conocen lo impredecible igual de bien que las otras niñas se saben la dirección de su casa. Un verano me voy con ella a casa de su madre. De noche su hermanastro nos saca en su *jeep*. Avanzamos a tumbos por el campo de arriba, con las luces apagadas y la capota bajada, ramas negras que arañan el cielo. El hermanastro le pide a mi amiga que le encienda un cigarrillo y ella enciende tres, y uno me lo pasa al asiento de atrás, y lo acepto porque debo hacerlo y los observo en la oscuridad. Supongo que ahora fumamos. Arrastro el humo hacia dentro y la garganta me quema y aguanto la tos porque me moriría de la vergüenza si él me oyese toser. Aparca el vehículo en la cima y saca un arma larga de debajo del asiento. Enciende los faros y cientos de conejos salen pitando por el campo como lanzados por un tirachinas. Nunca he visto tantos conejos. Bajo la riada de luz de los faros, el hermanastro sonríe y dispara a los conejos del campo de arriba, brasas rojas del cigarrillo apretado entre los dientes, nubes de humo, el pelo corto como una estrella. Me aferro a la barra antivuelco y veo los dientes blancos de mi amiga relucir en la oscuridad mientras se ríe sin parar para que el hermanastro no nos dispare a nosotras, pienso. Estoy temblando. Inhalo más tabaco. No debo morir aquí.

En el internado mi amiga me pregunta si me voy con ella un fin de semana a conocer a su padre. Me siento halagada. Nadie me ha pedido permiso nunca para conocer a su padre ni a su madre. Los padres y las madres, y sus apéndices, son obligatorios, no opcionales. Nos montamos en el tren rumbo a Londres. Mi amiga está nerviosa y excitada. No ve a su padre desde hace meses. Me cuenta que tiene que haber alguien con ella siempre que lo ve. Lo dice la ley. No lo puede ver a solas hasta que cumpla los dieciocho. Le pregunto por qué. Se encoge de hombros.

—El juez cree que mi padre es peligroso. No lo es. Solo está loco.

Asiento. Lo de estar loco me lo sé.

—Tú no tienes que hacer nada. Puedes quedarte ahí sentada y ya está.

El padre es alto como un árbol, con una bandada de pelo blanco que le revolotea como gaviotas a punto de posarse. Lleva un traje oscuro de tres piezas y habla como un diccionario. Nos sentamos en una cafetería de una bulliciosa calle de Londres. Me muestro educada, sé cómo hacer estas cosas. Es un hombre cálido, cordial con las dos. Le hace a mi amiga preguntas sobre su vida, sus amistades, sus estudios. Eso es todo lo que sabe de ella. Me pregunto cuándo va a volverse loco. Remuevo el capuchino y dejo que padre e hija hablen. Fuera, en la calle, unos turistas hacen cola para visitar una exposición sobre planetas. El padre me lanza una mirada y ve lo que estoy viendo. Resopla.

—Míralos, haciendo cola para que los atiborren a mentiras.

Le pregunto a qué se refiere.

El padre me dice que no hubo ningún alunizaje. Me dice que el Gobierno mintió. Me dice que el reflejo del ángulo del sol en el casco del astronauta imposible porque, que solo un tonto, que la roca que trajeron venía de, que lo grabaron en un desierto, que todos prometieron no decir nada. Habla con autoridad. Está bastante calmado. Es mi padre diciéndome lo que hacer con un seis doble en el backgammon. Miro a mi amiga. Ella me mira a mí. Están esperándome. Abro la boca.

—Guau —digo.

Mi amiga asiente aliviada. El padre sigue hablando. Inclina el cuerpo hacia nosotras. Está motivado. Yo escucho. Nunca he oído a un hombre tan ansioso por enseñarme algo. Estoy encandilada. No sé cómo hacerle preguntas porque nunca le he preguntado nada a un hombre. Preguntar es rendirse a la incredulidad que llevo toda la vida suspendiendo.

Nos montamos en el tren de vuelta al internado. Mi amiga está animada, agradecida por tener a alguien con quien compartir a su padre. Se muestra profusa en los elogios por mi comportamiento. Permanezco callada. Luego, esa noche en nuestro dormitorio, mi amiga se cuela junto a mi cama para decirme que ya ha llamado a su padre y que está impresionado conmigo. Si me interesa, a su padre le gustaría enviarme cierta información sobre el alunizaje, pero solo si tengo curiosidad, claro. No sé cómo decir: No, gracias, esto es una locura para la que no estoy entrenada, no, gracias. Solo sé cómo decir: Sí, por favor, qué amable, gracias por todo. No sé cómo decir: ¿Así es un padre?

—No se lo cuentes a nadie —me susurra mi amiga mientras se desliza de vuelta a su cama.

Un día después me llega un sobre grande al casillero. Va dirigido a mí, con una letra que parece como si un monje la hubiese escrito con una pluma en su celda. Caen páginas. Fotocopias, trascripciones, imágenes, hechos que demuestran de manera indiscutible que ningún hombre ha llegado nunca a la Luna. Y al fondo del sobre, una tarjeta de teléfono. Una tarjeta con un valor de veinte libras para que, si siento la necesidad, pueda llamarlo y preguntarle cualquier otra duda que me surja sobre este tema. O sobre cualquier otro.

Lo leo todo.

Esa noche, más tarde, llamo al padre. Mi amiga está a mi lado. Le doy las gracias por toda la información que me ha enviado. Me pregunta si la he leído. Le digo que sí. Me pregunta si la he entendido. Le digo que sí. Se ríe a modo de aprobación. Me pregunta qué he aprendido hoy. Levanto las cejas mirando a mi amiga. Ella asiente para animarme. Le digo que he tenido clase de Biología.

—Más mentiras —responde.

Mi amiga y yo sostenemos el teléfono entre ambas. El padre nos dice que la evolución es una teoría, que nunca se ha demostrado que, que el ojo humano imposible porque, que el planeta solo existe desde hace, que quién ha visto que eso ocurra en realidad. Dice que nos mandará algo más sobre ese tema.

Así es como empieza.

Sobres gruesos que abultan llenos de papeles. Letras negras que se enroscan en mi nombre. Tarjetas de teléfono, pilas de tarjetas de teléfono, pies fríos sobre suelos de madera gastados, a la espera de un teléfono libre, un rincón privado, en busca siempre de intimidad para leer la cascada de hechos. Por rápido que lea, el padre me manda más. Soy voraz. Soy buena estudiante. Sé cómo hacer estas cosas. El padre excava el terreno que tengo bajo los pies. Abre zanjas en la luna, la tierra, las estrellas, los animales. Newton, Darwin, Copérnico explotan silenciosamente en el abismo. El padre me pregunta qué pienso. Estoy cautivada por los descubrimientos y la emoción de todo este conocimiento secreto.

Ningún hombre en mi vida me ha hecho tantas preguntas.

El padre inmola mi aprendizaje mientras elogia mi cerebro en llamas. Y cuando parece que mi mundo ha desaparecido y que estoy aferrada a un clavo ardiendo y nada más, entonces, y solo entonces, me extiende sus largos brazos blancos.

—Soy un hombre de Dios.

El fin del mundo es inminente. La marca de la bestia está incrustada en los códigos de barras, todos estamos etiquetados, todos estamos condenados, solo la Iglesia única y verdadera podrá salvarnos; no la de mi padre, que está quebrada, ni tampoco la casa apóstata de mi madre, sino la única y verdadera, aquella que existe desde antes de los tiempos. Aquella en la que las mujeres se visten con modestia y aprenden latín y el estudio de las hierbas, aquella en la que se reza el rosario en voz alta durante horas para mortificar la lengua, aquella en la que

90

se exige renunciar a todas las demás y rechazar toda falsedad. Él nos enseñará el camino único y verdadero. El padre tiene una mente rígida, jurídica, lanzada. Yo tengo quince años. No encuentro respuestas para este hombre. Me he adentrado en lo más hondo del laberinto, no he dejado ningún rastro para encontrar la salida. Y quizá sí es así como se supone que debe ser un padre.

Mi amiga y yo nos saltamos la capilla por la mañana para rezar juntas. Miramos fijamente por la ventana durante las clases (salvo en Latín) y dejamos de entregar las tareas. Soy diligente en mi negligencia porque la diligencia es lo que mejor conozco. Me veo inundada por el fervor de la iniciada y por el desprecio moralista hacia las chicas con las capas azules y sus cosas infantiles. No hay manera de llegar a mí donde estoy. Me deshago de todas mis faldas cortas. Entierro mi brillo de labios.

Estoy en casa. Debo esconder las fotocopias en algún sitio. En el internado no hay ningún escondite para ellas. Subo a la buhardilla, mi antiguo cuarto de juegos, y arrastro un baúl negro que lleva mi nombre. Huele a lacrosse. Meto los documentos ahí y vuelvo a mi rosario. Esas vacaciones no hay visitas de chicos. Salgo raras veces de mi habitación. No acudo a ninguna fiesta. Espero a que empiece el siguiente trimestre para reanudar mis llamadas, mis estudios, y que así pueda empezar otra vez mi vida nueva.

Estoy de vuelta en el internado. Tengo un libro azul que es mi catecismo. Debo aprendérmelo de memoria. Debo llamar todas las noches para cumplir con la rutina de preguntas y respuestas. Ahora llamamos por separado, la amiga y yo; ya no somos siamesas que duermen en un colchón, sino hermanas, necesitamos instrucciones independientes. Nos estamos quedando atrás. El padre debe venir en persona para instruirnos, nos dice. Debe venir por la noche, tarde, cuando nadie pueda verlo. Nuestro internado está en la base de un monte empinado. A mitad de la subida hay un hospital grande. Ahí es donde vamos a reunirnos. Esperamos a que se apaguen las luces. Esperamos a que las respiraciones se alarguen y se calmen. Nos ponemos un chándal encima del pijama. Nos subimos al alfeizar de una ventana, recorremos de puntillas una almena, nos aferramos a un enrejado y serpenteamos con el cuerpo por el muro. Estamos en la ciudad. El tráfico grita. Con la cara hundida en la oscuridad subimos monte arriba hasta el aparcamiento del hospital. El padre está sentado en el interior del coche, esperándonos. Irrumpimos, congeladas. Se gira para mirarnos. Está orgulloso de nosotras. Le hemos demostrado de lo que somos capaces. Estamos preparadas.

Mi madre sube a la buhardilla. No logra explicarse en quién me he convertido: distante, con faldas largas, callada. No quiere encontrar lo que sabe que la espera. Abre el baúl. Ve los documentos. Lee. Se queda helada. Me ha perdido. Ella me lo ha dado todo y yo me he escapado.

Llama a la madre de mi amiga, le cuenta angustiada lo que ha encontrado, le pregunta qué significa todo esto.

Me estaba temiendo esta llamada, dice la madre de mi amiga.

Mi madre cuelga. Debe hacer esto sola. Llama a mi padre, a mis abuelos, llama al obispo, llama a la directora. No llama a la Policía. No me llama a mí. Reúne fuerzas ajenas y propias, preparándose para montar un rescate, sin saber que voy a rescatarme a mí misma.

No podemos continuar en el internado. El padre tiene una casa de campo en Francia que nos espera. En el internado aprendemos mentiras y en casa de nuestras familias nos tientan de cualquier manera. Es hora de que vivamos como Dios lo ha dispuesto. Debemos encontrar la manera de hacernos con nuestros pasaportes para viajar con él a Francia rápidamente. En Francia la ley no puede tocarlo. En Francia estaremos a salvo, cultivaremos romero y aprenderemos el subjuntivo. Debemos inventarnos una excursión con el internado para pedirles a nuestras madres los pasaportes. Siento que el mundo se me escabulle. Arena rosa entre mis dedos. Sé que no puedo hacer esto. Sé que me he adentrado en aguas negras. Sé que no puedo ver el fondo.

No tengo ningún recuerdo de mi padre en una iglesia. Así que cuando me cuenta que va a casarse con su tercera esposa en una, y que se han estado reuniendo con el cura antes de la boda, y que el cura le cae genial, me sorprende esta religiosidad recién descubierta. Doy por hecho que es por influencia de su tercera esposa y oculto mi desprecio. Un año después el mismo cura bautiza a la hija de ambos, la tercera de mi padre. Mi padre se refiere al cura como su amigo, lo invita a cenar. Eso también doy por hecho que es una ofrenda a su esposa. Diez años después nace mi hija y mi padre le manda una cruz con sus iniciales grabadas. Es diminuta. Del tamaño de la uña de mi pulgar. Se disculpa porque no puede permitirse comprar la cadena, pero quiere que la niña tenga algo de su abuelo. Me inundan los sentimientos. Sigo sorprendida. Yo me ocuparé de la cadena, le prometo, y guardo la cajita roja al fondo de un cajón. Después de que mi padre muera, me siento en su cama y cojo el libro que se estaba leyendo. Es uno que le he regalado yo. La página por la que iba está señalada con una estampita. Es una acuarela pequeña y plastificada de la Virgen con un vestido azul y una flor también azul en las manos. Son cosas que reparten en misa. Me sorprende nuevamente que mi padre atesorase algo así. Dejo la estampita en la mesilla junto a sus gafas pero me llevo el libro a casa conmigo.

Me despierto sola con la cabeza entre los brazos, apoyada en un pupitre viejo lleno de marcas. No tengo ni idea de cómo he llegado aquí. Estoy en pijama. Tengo las mejillas húmedas y la luna se derrama por la pizarra. Soy un fantasma acechando mi propia aula. Recorro un pasillo largo, subo las escaleras de vuelta a mi dormitorio. Me meto de nuevo en la cama y espero a que sea de día.

Mi amiga me recuerda que es la hora de nuestra llamada diaria al padre. Estoy de cara a la pared. Mi amiga tiene una idea para conseguir nuestros pasaportes. Paso junto a ella y la dejo atrás. Está perpleja. Me dice que he faltado a demasiadas llamadas, que ha llegado el momento, que el padre nos ha presionado demasiado, que lo sabe, que le gustaría hablar conmigo. Me dirijo a clase. Mi amiga se acerca por la noche siseando. El padre ha invertido mucho en esto. Le debo una explicación. Piensa en lo que se ha gastado en nosotras. Me pongo de lado en la cama. Tiro el catecismo a una papelera y sueño con el infierno. Nos cruzamos en silencio. No soy capaz de mirarla a los ojos. Nuestras amigas se sorprenden del distanciamiento entre las dos. No tengo respuestas. No tengo respuestas. Duermo y camino y camino dormida. Vuelvo a la capilla y me siento al fondo sin decir nada, sin cantar nada.

94

Regreso de la capilla y preparo los libros para ir a clase. Encuentro en mi casillero una nota escrita a mano por mi amiga: «Llama a mi padre. Dile que mi madre ha venido a por mí». La madre de mi amiga ha llegado sin avisar mientras estábamos en la capilla. Ha recogido todas las cosas de su hija y ha conducido a su niña callada hasta el coche que las esperaba. Mi amiga logró rascar un momento para garabatear la nota y dejármela.

No llamo al padre.

Después, mucho después, nos enteramos de que mi amiga llega a casa, se niega a hablar y se va directa a su dormitorio. No consiente abandonar la habitación. Días después sale y pide jugar al tenis. Su madre está encantada. Juegan. Mi amiga tiene una ampolla, dice, necesita entrar a ponerse una tirita. Su madre espera en la pista de tenis. Y espera. Mi amiga atraviesa la casa, baja por el camino de acceso y va hasta el coche de su padre, que la está esperando. Lleva el pasaporte en el bolsillo. Se pasa los cinco años siguientes en Francia con él. No vuelve a vivir nunca con su madre.

No la he visto más desde el día en que dejó el internado.

Esta no es la historia de mi vida. Es una historia de mi vida. Mi madre sigue temblando con ella. Dice que era algo sexual, el interés que tenía el padre. Siento las mejillas calientes. Digo que nunca percibí nada así, ni una sola vez. Mi padre, años después, me pregunta de qué se trataba todo esto. Aparto la mirada. Me resulta de lo más complicado explicarle algo que a mí misma me cuesta entender.

—Había un hueco. Y él lo llenó —le digo.

Intermedio

Tengo dieciocho años. Estoy sentada en una habitación sin calefacción, en un *college* fundado por un rey libidinoso y su díscolo cardenal, y convenzo a tres hombres de que no puedo venir a Oxford todavía, de que primero debo tener un año para mí, para aprender lo que es mi padre antes de ponerme a aprender nada más. Asienten y aceptan. No tengo ni idea de lo que estoy pidiendo. Pido un año sabático entero porque no siempre lo conceden y me gustan los retos. Y porque mi madre cree que me vendrá bien. Durante meses lo único que he hecho ha sido estudiar y leer. Estoy cubierta por una erupción generada por el estrés, que me atraviesa el vientre como una red, me baja por las piernas y se me entierra en los codos, en las rodillas, en el cuero cabelludo. Duermo con guantes para no rascarme de noche. Acaban las clases. Fin. Fumo sin cesar, aprendo a adorar el sabor del vodka. Soy mordaz y de besos dulces y a los chicos les gusto. Mis amistades preparan sus mochilas y desaparecen en grupitos camino de la India, Estados Unidos, Europa. Yo compro un billete para Argentina, sola.

Mi madre me lleva en coche al aeropuerto. Observo la ciudad, las praderas y el cielo plano. Me seco los ojos. No quiero ir. Estoy contraída como el pico de un halcón sobre una serpiente. Mi madre me recuerda que nunca quiero ir a ninguna parte. Niego con la cabeza. No quiero que empiece esta parte de mi vida.

—Todo irá bien. Tu padre tiene mucho que contarte.

Respiro contra la ventanilla.

—¿Como lo de cuando estuvo en la cárcel?

Mi madre me mira.

—¿Cómo sabes eso?

Me encojo de hombros.

—Lo he sabido siempre.

Fuegos artificiales estallan en silencio más abajo mientras mi avión atraviesa las nubes, crisantemos de color rosa y dorado que florecen sin hacer ruido entre la niebla. Nunca había visto fuegos artificiales desde arriba. Pero no quiero verlos. Bajo la cortinilla, apoyo la cabeza en ella y saco un libro. No levantes la vista hasta que llegues.

Vivo con mis abuelos en su piso repleto de humo en Buenos Aires. Vivo con ellos porque mi padre vive en un piso de un dormitorio a las afueras de la ciudad, lejos de la poca gente que conozco. Vengo a pasar tiempo con mi padre pero él está trabajando y yo tengo dieciocho años, ¿y qué se supone que vamos a hacer juntos, un día tras otro? Nadie ha pensado bien en eso. No sé lo que se espera de mí aquí. Lo que sí sé es que se supone que estoy viviendo una gran aventura. Se supone que estoy viviendo en trenes, a base de monedas sueltas, cerveza barata y queso duro. Se supone que estoy acostándome con desconocidos en campings.

En vez de eso, duermo hasta bien entrada la calurosa mañana en el sofá cama del salón de mis abuelos. Me despierto, me doy la vuelta, me enciendo un cigarrillo y oigo al padre de mi padre trastear en la cocina. Mi abuela lee el periódico en la cama, espera a que le llegue el desayuno en una bandeja. Se lo lleva mi abuelo desde hace cincuenta años. Ella es brillante, abogada aún en ejercicio. No sabe cocinar. No da abrazos. Lleva blusas de seda y nunca está a más de un giro de muñeca de su tabaco y de los diminutos ceniceros de latón que salpican su apartamento. Me quedo tumbada, escucho la discreta música two-step de mis abuelos y espero a que empiece mi vida.

Mis abuelos viven en el antiguo barrio de las embajadas, en un tranquilo apartamento arbolado entre palacetes de patios amurallados y guardas armados, jacarandás y banderas brillantes que renquean bajo la luz del sol. Enfrente, un centro comercial nuevo, de construcción estadounidense, noble y de una limpieza que deslumbra. Hay cafeterías por todas partes. Los hombres se sientan ante mesas de metal, con jerséis de color pastel echados por los hombros, mocasines colgando de unos tobillos desnudos y bronceados, sorbiendo de tacitas, con un ojo en toda mujer que entra. Las esquinas están salpicadas de kioscos, engalanados con cigarrillos, chicles, *alfajores,* revistas. La ciudad huele a tabaco, humo de coches y *aftershave.* El sexo vive en la calle, una segunda mirada desde los andamios de un edificio, silbidos perezosos desde ventanillas de coche bajadas, cloqueos de aprobación desde el puesto de choripanes. El sexo está por todas partes y para mí no hay. Estoy empapada en añoranza. Quiero estar en cualquier parte menos aquí, en este apartamento, escuchando la devoción de mi abuelo y el murmullo de un aire acondicionado. Espero a un hombre que venga a rescatarme: mi padre, un novio, un amigo, cualquiera que me redima de la anodina monotonía de estos días. Mi primo vive también con mis abuelos. Trabaja en una oficina y llega tarde a casa. Se frota la cara, una cara hermosa. Me cuenta historias de cuando mi madre vivía en la ciudad, de cuánto la quería, de cómo jugaba con él. Me hace echarla de menos. Siento que la tengo a mundos de distancia. Una noche, borracha, saco el mapa del metro de Londres para enseñarle a mi primo dónde vivimos. Nos caemos de las sillas riéndonos de cómo mi primo pronuncia Leicester, Walthamstow, Greenwich. Me jura que algún día vivirá en Piccadilly Circus. Estoy ebria de morriña.

Llamo a mis amistades de aquí, la familia que conozco desde la cuna, que viven en casas dispersas y están siempre unos en los cumpleaños de otros, que cada vez que vengo de visita pausan su infinito flujo para hacerme un hueco en su corazón. Es la familia que va a recogerme a los aeropuertos y a las discotecas y paradas de autobús. Es el tipo de familia que anhelo. Son seis hijos. La madre es la mejor amiga de mi madre. Se conocieron por mi padre y se cogieron cariño de inmediato. La hija mayor es mi mejor amiga. Nos conocimos cuando íbamos en carrito. Ahora nos vemos a diario, hacemos planes elásticos. Navegamos de casa en casa, deambulamos por museos, esperamos a que su hermano y sus amigos decidan lo que van a hacer, luego subimos a sus coches, a merced de sus caprichos, los seguimos a bares diminutos, pizzerías, mesas de billar. Merodeamos en los márgenes, a la espera de llamar la atención. Tanta espera es insoportable, pero ¿adónde voy a ir si no?

Soy bilingüe, aunque no del todo. El argot es veloz, los insultos elaborados, y lo aprendo todo, lanzando vituperios que giran siempre en torno a las partes del cuerpo de nuestras madres. Añoro la autonomía. Añoro la libertad de viajar sola. Me paso ocho meses deseando ser un hombre. Nadie aquí quiere irse de mochilero. Nadie aquí quiere llevar vaqueros sucios ni compartir cerveza y una pastilla, ni hacer senderismo por montañas sin cimas. Las chicas se estiran las piernas en *jeans* blancos ceñidos y se alisan el pelo y el vientre y esperan a que les suene el teléfono.

Mi padre se deja caer una noche por el apartamento de mis abuelos y todos nos instalamos en el salón, con sus sillones parejos de color azul claro, los marcos de plata cerniéndose desde mesas bajas de cristal. Mi abuela, complaciente, encantada, le ofrece el mejor asiento, le dice que parece cansado. Mi padre me pide que le sirva un whisky y se estira, elegante, la camisa blanca desabrochada, cariñoso y distante como solo él sabe serlo. A su lado tiene el teléfono móvil, como un arma encajada entre la cadera y el sillón. Es nuevo, grueso e inverosímil. Nos sentamos y hablamos, y agradezco la amortiguación de mi abuela, y se me ocurre pensar que a él le pasa igual. Mi padre me aprieta la mano mientras nos cuenta cómo le ha ido el día, su mano veteada de cicatrices. Vamos a salir a cenar, él y yo. Hemos hablado durante la mañana y está confirmado. Llevo el día entero esperándolo. Parece inquieto, distraído. Me levanto a por mi bolso. Al ponerme en pie, mi padre coge el móvil, como si hubiese sonado, y responde. Lo observo hablar con un teléfono muerto. El catamarán se balancea sobre un borde. Lo observo darle vida a su propio rostro, a sus manos, gesticularme como si no creyese lo que está escuchando, negar con la cabeza y hablar con nadie. Espero a que acabe la pantomima. Miro a mi abuela. Ella aparta la mirada. Lo miro a él. Cuelga. Espero a que alguien diga algo. Mi padre se termina el whisky y agarra la chaqueta.

—Lo lamento, mi amor. Me surgió una cosa. Te llamo a la mañana.

Me da un beso, vuelve a enfundarse el móvil y se marcha. No digo nada porque todavía no sé a qué sabe la confrontación. Solo sé tragar sal y mirar para otro lado. El ascensor lo aleja de mí. He fracasado. No he dicho lo que he venido a decir. Vuelvo al salón. Estoy temblando. Mi abuela no se da cuenta o finge no darse. Se ofrece a enseñarme su juego de cartas. No tengo otro sitio al que ir. Así que jugamos juntas, fumando, en silencio, hasta bien entrada la noche.

Una semana después me reúno con mi padre en un restaurante. El camarero me lleva hasta su mesa pero hay una mujer sentada ahí. Miro a mi alrededor. La mujer se presenta. Es la novia de mi padre. Está nerviosa, sonríe, la cara larga y el pelo corto. Tiene la cabeza pequeña, el cabello recortado casi como el de un niño, salvo porque en este país incluso los chicos llevan el pelo largo. No conozco a nadie con el pelo tan corto. Los ojos de esta mujer son enormes y de un azul celeste como la bandera nacional. Me dice que lleva unos meses con mi padre, me ofrece uno de sus cigarrillos, que parece el palo de una piruleta. Me pregunta si vengo a menudo a visitarlo y cuánto tiempo tengo planeado quedarme. Me dice cuánto me quiere mi padre. Espero a que llegue él. Cuando lo hace, se desliza en su asiento, se disculpa, le da un beso a ella en la boca, me da uno a mí en

102

la mejilla. Ella le pone un brazo alrededor y lo mantiene ahí el resto de la comida. No come nada. Mi padre la acaricia, a mí me da palmaditas. La novia va al baño y mi padre me dice, con tono cansado, que es una buena persona, que es de los muelles, que su familia es dura pero que ella es buena persona. Asiento. La novia vuelve hacia nosotros. Todos los hombres levantan la vista para verla pasar. Tiene seis años más que yo.

Ese verano, más adelante, voy a cenar al apartamento de mi padre. La cena consistirá en pizza, cerveza, vodka si tiene. Atravieso la ciudad en taxi, recorro el río inflado y marrón como una serpiente hasta los barrios periféricos. Entro en su apartamento. Mi padre me ha dado mi propia llave a sabiendas de que nunca me presentaré sin avisar. Sobre una mesa sucia hay un vaso de cerveza lleno con unos tulipanes moribundos. La habitación está caliente y en silencio. Abro las puertas correderas que dan al balcón, inhalo mientras la franela húmeda y caliente de la ciudad me abofetea los pulmones y la ciudad grita mucho más abajo. Noto que los *jeans* me cercan aún más el cuerpo. Ojalá llevase un vestido, pantalones cortos, algo más fresco. Quería vestirme bien para él. Es viernes, la noche que la ciudad lleva esperando toda la semana, la noche que yo temo. A esta hora las discotecas bostezan, a la espera de la embestida, vacuas como sus propios porteros. Son enormes, abiertas al aire libre, pulcras como naves espaciales; o bien diminutas, abarrotadas, embutidas bajo arcos del ferrocarril. No abren hasta medianoche pero nadie es tan tonto como para llegar antes de las dos. Un chico que puede o no ser tu novio pasa a recogerte y te lleva a la discoteca sobre la una de la madrugada. Si no puedes invocar a ninguno para que lo haga, entonces es admisible que acudas con un grupito de chicas. El uniforme es estricto e invariable. *Jeans* con los que no puedas respirar, tacones de plataforma y tops ceñidos. El pelo largo y reluciente que se mece y nunca ha conocido la humedad, y poco maquillaje. No encuentro un par de vaqueros que me queden bien en toda la ciudad. He dejado de intentarlo. Quiero estar tomando sopa de lata en un glaciar. No quiero estar bebiendo expresos amargos a medianoche para que ese chico que no me quiere pueda recogerme en el coche de su padre y luego trate de enterrar la cara en mi pecho. Mis amigos salen esta noche. Me siento aliviada por no tener que ir, ni tener que leer insinuaciones en español en labios de muchachos sudorosos con pelo setentero, labios que parecen de chica, ni tener que notar mi sobrepeso ni lo sobrepasada que estoy en mitad de la oscuridad. Cuando me preguntan por qué no puedo ir, me encojo de hombros, pesarosa, y digo: «Mi padre», y asienten, comprensivos.

Y aun así, aquí estoy, sudando en vaqueros mientras espero a un hombre.

Oigo un golpecito en la puerta del balcón. La novia está en el umbral. Me hace un gesto con la cabeza para que vaya dentro, con sus ojos amplios de color azul eléctrico. Entro. Ha puesto el aire acondicionado y el traqueteo hace más ruido que la ciudad fuera. Va a la cocina a prepararnos algo de beber. Tiene el culo respingón como una pelota de fútbol. Un tatuaje le asoma en el arco de la columna y desaparece bajo la cinturilla cuando se estira para coger unos vasos. Sin mirarme me dice que mi padre llegará pronto a casa. A casa. Porque ella vive aquí ahora. Reparo entonces en la pila de revistas de cotilleos junto al sofá. El cenicero rayado y las manchas en el tablero de cristal de la mesa. Mi padre es impecable con la limpieza. Es un fanático de la higiene, tanto personal como doméstica. Sus duchas son legendarias. La novia me da un vaso de vodka con tónica y ladea la cabeza.

—Tenés la boca de tu padre —dice.

Bebo antes de que vaya a besarme. La novia se toma su copa de un trago y se enciende un cigarrillo piruleta.

—Qué calor estarás teniendo con ese pulóver. Pobrecita, no sabés cómo son los veranos acá, ¿verdad?

Me entran ganas de contarle cuántos veranos he pasado aquí, esperando llamar la atención de mi padre, pero no lo hago porque me doy cuenta de que no sé si han sido tantos, ni si los pasé aquí, en Perú, en España o en Londres. Pero me siento más acalorada al ver que me identifican como la extraña. La novia se contonea hacia el dormitorio y diviso ropa tirada por la cama bien hecha de mi padre, toallas esparcidas por el suelo de la habitación a oscuras. La novia desaparece en el guardarropa de mi padre y sale con un top reluciente de color oro, tipo combinación. La prenda ondea cortada al bies, un simple pañuelito color miel con tirantes finos. Me lo lanza.

—Ponete esto.

Lo agarro, la odio, y me dirijo al baño. Es como un horno sin ventanas. No hago caso de mi reflejo, me saco el jersey negro por la cabeza y me abro camino en el top-combinación, que me aprieta y se estira en el pecho, casi me estalla justo por encima de la cintura, revolotea a duras penas donde sencillamente debería mecerse. Le doy tirones hacia abajo. Me veo pelusilla negra del jersey enroscada en las axilas y me la limpio con una toalla pequeña. Dejo unos diminutos gusanos negros anidados en el tejido blanco de la toalla. La doblo y la devuelvo con cuidado al lavabo, al lado que le corresponde a ella. Líquido de lentillas, una bolsita de maquillaje, un cepillo de dientes rosa fluorescente. Parezco una niña que hubiese cogido prestada una prenda demasiado pequeña para ella. Pero aquí dentro hace tanto calor que no puedo soportar ponerme de nuevo el jersey negro. No puedo soportar salir y aun así tampoco puedo quedarme aquí dentro.

Salgo. La novia está fumándose un porro. Exhala, me lo ofrece.

—A tu papá le encanta ese top.

Cojo mi copa y me la acabo.

Mi padre llega más tarde y si se fija en el top no comenta nada. La novia lía más porros y pide pizza y yo bebo vodka y niego con la cabeza cuando me ofrecen la hierba. Comemos pizza y salimos al balcón para contemplar la ciudad rigurosa y ruidosa en la profundidad de la noche. Mi padre cuenta historias de sus días de piloto en Fórmula 1 y en Fórmula 3, de partidos de polo y gente sobre la que he oído hablar y que nunca ha oído hablar de mí. Estoy mamada, aburrida, me pregunto cómo voy a volver a casa de mis abuelos. La novia escucha, con los ojos azules y nublados por la atención. Me pregunto si durará lo suficiente para llegar a cansarse de estas historias. Mi padre enciende la radio, pone música, y bailan. Él la mantiene pegada a su cuerpo, aunque no tanto como ella quiere. Mi padre me mira por encima del hombro de la novia. Ella le acaricia el cuello con la nariz, le susurra al oído y luego se larga al baño. Ya solo, mi padre me pregunta cómo me ha ido el día. Le hablo de una exposición de arte moderno a la que supuestamente iba a ir pero aún no lo he hecho. Le cuento que he pasado la mañana allí sola. Le describo al amable gay que me lo ha enseñado todo y los móviles de cerámica que daban vueltas bajo la luz matutina. Le cuento todo eso para que no vea lo

106

absolutamente perdida que estoy, para que no se preocupe, para que se maraville ante su cultivada hija. Pero mi padre esas cosas no las ve porque no las ha tenido que ver nunca. Nunca ha tenido que preocuparse por mí porque yo nunca se lo he pedido. Me aprieta la rodilla con una mano.

—Me alegro mucho de que estés acá.

La novia sale del baño. Está reluciente, unos ojos como el océano visto por una portilla. Ahora mi padre desaparece en el baño y ella se acerca a la radio, busca la música que están bailando mis amigos bajo los arcos del ferrocarril en el centro de la ciudad, le sube el volumen y baila. Se mueve como una serpiente que mudase la piel, como si la ciudad estuviese observando. Yo no sé bailar así. Mi padre se queda de pie en el umbral, mirándola. Me mira a mí y levanta las cejas. Me duele la cara de sonreír. Al final, no sé cómo, estoy en una discoteca. La novia nos tiende sus brazos esbeltos, a mí y a mi padre, para que nos unamos a su espectáculo. Mi padre se le acerca meciéndose con la música, aunque continúa hacia la cocina para preparar más copas. Yo me trago un bostezo y me pregunto cuándo podré pedir un taxi.

—Qué contento lo veo. Es porque estás vos. ¿Por qué no te quedas? ¡Tu hija debería quedarse esta noche! —grita la novia a la cocina.

Mi padre se asoma al frigorífico.

—¡Puede dormir en el sofá!

La novia es como una niña, suplicante. Ya me he quedado aquí antes de que llegaras tú, tengo ganas de decirle. Y me quedaré después de que te hayas ido. Ya otras me han comprado antes que tú, tus antecesoras, con muñecas y vestidos, con alcohol y cigarrillos. Sé que lo valioso no soy yo. Sé que

107

únicamente soy el medio con el que mostrar su devoción. Yo soy el altar, no el dios.

Mi padre me mira.

—Estás cansada. Deberías quedarte.

Agarra la radio y se la lleva al dormitorio. La novia gime para protestar porque la fiesta se acabe tan pronto.

—La conozco. Está cansada y no nos lo va a decir. Así que nos trasladamos.

Me siento agradecida y avergonzada. Se pasan al dormitorio, donde la puerta se cierra brevemente y se alzan voces que luego caen. La puerta se abre y la novia viene al sofá con una sonrisa reluciente. Me da una sábana y comienza a tirar cojines por ahí. Cuando me levanto para ayudarla, le veo un polvo blanco que le brilla en la cavidad de la fosa nasal. Mi padre me deja una camiseta vieja. Me da un beso de buenas noches. Ella me lanza un beso al aire cuando va camino del dormitorio, con el vodka, el cenicero y un cubo con hielo en equilibrio. La puerta del dormitorio se cierra. Me miro el top dorado, ceñido y tirante, manchado, sin rastro del cuerpo de ella. Me lo saco por la cabeza y me pongo la camiseta blanca de mi padre, gastada y suave. Huele a detergente. Me tumbo y tirito bajo la fina sábana, por fin con frío. Me pregunto qué van a hacer, fumados y encerrados como están en un dormitorio pequeño. Estoy demasiado cansada para que me importe. La música suena amortiguada, sube y rápidamente baja. Siento que retumba por las paredes delgadas.

Me despierto con la luz amarilla del amanecer. Tengo la garganta pringosa, los ojos pegados. Me tambaleo hasta el baño y me encuentro a la novia, todo piernas, inclinada sobre el espejo. Se vuelve hacia mí, sorprendida, tiene las manos en la cara y veo que parece distinta, más joven, despojada. Parece banal. Tiene los ojos marrones como la tierra. Me mira suplicante.

—No se lo digas a tu papá. No lo sabe.

Se vuelve de nuevo hacia el espejo y se coloca en el iris un disco diminuto de color azul claro.

Doblo la sábana, la dejo en el sofá, meto la camiseta en la cesta de la ropa sucia. Me voy en metro a casa. La ciudad está en silencio, apagada tras los excesos de la noche. Entro al apartamento de mi abuela, saco mi cama plegable y me acurruco a dormir.

Mi abuela me encuentra un acompañante con el que viajar. Es el hijo de un colega suyo. Me lo entrega como si me pusiera un hueso en el regazo. Su padre y él vienen a cenar. Es flaco y pálido. Bebe vino a sorbos y asiente siempre que habla su padre. En cualquier caso, está dispuesto a viajar conmigo a la Patagonia. Salimos una semana después. Me consigue una mochila que en realidad es una jaula de lona con tiras. Es como llevar un catre en la columna pero me da igual porque por fin estoy haciendo algo, estoy yendo a algún sitio. Ese muchacho es la persona equivocada para este viaje. Encaja bien en un grupo de música de cámara, no en una parada de autobús, pero me da igual porque por fin me estoy moviendo, me marcho de la ciudad y estoy haciendo lo que se supone que hace la gente joven. Nos subimos al autobús rumbo al sur.

El muchacho está ansioso. Es un cachorro. Ha traído poesía para leerme durante el interminable trayecto en autobús. Tiene datos que compartir sobre los sitios a los que vamos a ir. Tiene un walkman lleno de música clásica que cree que me gustará. Todo está mal. Llegamos y nos estiramos y caminamos y encontramos un lugar en el que acampar. Me ofrezco a ayudar a montar la tienda, pero me rechaza deleitándose en su caballerosidad de larguirucho. Intento encender un fuego para evitar ver cómo se pelea con la tienda. La tienda está montada. El muchacho saca su saco de dormir, duda.

—¿Duermo aquí fuera? —pregunta.

Le digo que no hay necesidad, que podemos compartir la tienda, que no voy a intentar nada, lo prometo. Parece abatido. Voy a buscar agua y entablo amistad con un grupo de australianos y me siento como en casa por primera vez en meses. Me río y comparto una cerveza con ellos. Adoptadme, quiero gritar. Dejadme viajar con vosotros el resto de mi vida. Me brillan los ojos. Mi acompañante viene a por mí, cabreado por mi deserción. Le indico con la mano que se acerque, lo invitamos a unirse, pero se mantiene enfurruñado en la periferia de la hoguera, rechaza la cerveza y se retira temprano a nuestra tienda. Entro a hurtadillas ya tarde, oliendo a cerveza. Está hecho un ovillo en un rincón. Trato de cerrar la cremallera de la tienda y no puedo. Mi acompañante se gira y lo hace por mí. Es la última noche que duerme en la tienda. Lo he humillado y a partir de entonces duerme fuera, exhibiendo su exilio autoimpuesto.

Se pasa el resto del viaje de morros. Camina ocho pasos por detrás de mí cuando subimos algún monte, defiere ante cualquier deseo mío con una cortesía exagerada, como si fuera un cortesano que hubiesen asignado a un dignatario visitante. No estoy segura de cómo reaccionar. Me pregunto si mi abuela le estará pagando. Me pregunto qué le prometió, o qué le prometió mi padre. Se me ocurre de pronto que lo que este muchacho busca es la claridad de la descripción de su trabajo, por ejemplo, «mi novio», pero ese puesto en concreto no está disponible para él. En ausencia de tal categoría (desprecia ser mi amigo), se ha considerado mi sirviente. Hacemos senderismo por montañas y lagos y la mochila me destroza la espalda, y no me atrevo ni a mencionarlo por miedo a hacerle aún más daño. Nada de esto es tan divertido como imaginé. No es divertido recoger yesca junto a un lago con un ayudante malhumorado, y menos divertido aún montar una tienda con un mártir silencioso, y sentarse bajo las estrellas con un amante rechazado que se queda mirando fijamente las llamas con ánimo soñador y vacía el plato intacto en los matorrales. Creo que no es así como deben ser estas cosas. Regresamos a casa una semana después. Viajamos en silencio las quince horas de vuelta a la ciudad. Me pasa galletas con gesto sombrío, me pasa agua. Le devuelvo la mochila y me estrecha la mano con solemnidad como despedida. Me pregunto si debería darle propina.

Estoy de regreso en la ciudad, agradecida por todo lo que me es familiar en ella. Poco a poco mis días adoptan cierto ritmo. Mi padre y yo nos vemos de pasada cuando podemos, esquivando a su novia e incluso la mera mención de ella. Me paso semanas en la *estancia* de los amigos de mi familia. Veo partidos de polo y finjo que me interesan. Llegan unas amistades de Inglaterra, con mochilas de verdad, guías manchadas de té y una invitación para irme con ellos y cruzar a Chile. Agarro *En la Patagonia,* las memorias viajeras de Bruce Chatwin, y lo usamos de brújula. Hacemos trayectos de autostop en camiones, dormimos bajo toldos, en garajes, huertos. Una mañana nos despertamos y vemos que nuestro anfitrión nos ha dejado ante la tienda un cubo sucio lleno de ciruelas cálidas. En un cartón pone «Comed lo que queráis». Nos damos un banquete como lechones, chillando. Nos lavamos la cara en lagos. Jugamos a

111

las cartas. Tenemos hambre siempre. Esperamos con el pulgar fuera, los brazos doloridos, en cunetas húmedas. Apretamos la cara contra el escaparate de un salón de té galés (viejos colonos de hace un siglo), juntamos todo el dinero que llevamos y nos sentamos en unas sillas con brocados y antimacasares, nos atiborramos con un pastel de frutas denso y oscuro, unos *scones* blancos y un té galés caliente. El dueño habla español con acento gaélico y nos rellena la tetera muchas veces. Nunca ha salido del pueblo. Se siente forastero y como de la familia al mismo tiempo. Nos marchamos, con las piernas colgando en la parte trasera de un camión maderero que se abre paso lentamente por el camino arqueado de las estribaciones y sube por la columna vertebral de los Andes.

Recorremos las rutas sinuosas de Chile. Vivimos a base de pisco sours, patatas fritas y ceviche. La lengua se nos arruga de tanto zumo de limón. Acampamos en la base de un volcán verde y en una isla pedregosa con caballos salvajes. Nadamos en manantiales termales. Jugamos más a las cartas. Llegamos a Santiago y es hora de volverme. El grupo se disuelve, se desgaja por Perú, Venezuela. Subo al autobús de regreso a Buenos Aires. Estoy sucia, llena de callos, feliz.

Es el cumpleaños de mi madre. Voy a darle una sorpresa volviendo a casa. Es tan buen motivo como cualquier otro, han pasado seis meses y no se me ocurre otra manera educada de marcharme. Mi padre sugiere que pasemos un fin de semana largo fuera, juntos, antes de mi regreso a Inglaterra. Es la única vez que hacemos algo así. Le pide prestado a un amigo un apartamento junto a la playa y vamos en coche hasta allí. Charlamos en español, se maravilla ante mi fluidez y me pavoneo por dentro, le quito importancia por fuera. Comemos pescado frito y paseamos por las playas barridas por el viento. Compartimos cigarrillos y nos contamos historias del pasado. Le hablo de Oxford y me pregunto cómo será. Mi padre me dice que se muere de ganas por ir de visita, por verlo en persona (no viene nunca). Se aparta para responder al teléfono. Su cartera reposa fláccida sobre la mesa. La cojo, la ojeo. Encuentro lo que sé que voy a encontrar: un sobre de cocaína cuidadosamente plegado entre los escasos billetes. La toco con el pulgar y me la froto en las encías. Noto un hormigueo y la envuelvo, la devuelvo a su sitio. Me pregunto cómo se desarrollaría el fin de semana si le dijese que yo también la he probado. Me pregunto por qué necesita cocaína para pasar un fin de semana con su hija. Y cuánto tiempo en la cárcel tiene que cumplir para dejar de tomarla. Me pregunto cómo puede permitírsela.

Volvemos en coche a la ciudad, bloqueados en un tráfico caluroso y caótico. Los vehículos humean y avanzan a sacudidas junto a nosotros. Vamos escuchando música. Mi padre, sin mirarme, me pide que no le cuente a su novia que ha pasado el fin de semana conmigo.

—Cree que era una cosa de trabajo —dice.

Mantengo la mirada al frente. Puedo sentir el sabor a sangre. No pienso tragármela ahora.

Le digo que no voy a mentir por él. Le digo que no soy su amante, que soy su hija. Que debería pasar el fin de semana conmigo. Que debería haber pasado todos los fines de semana conmigo. Ella no es su igual. Es una niña. Nadie en la familia la soporta. No tiene nada lo bastante bueno. Mi padre me mira sorprendido. Ninguno de los dos estamos acostumbrados al sonido de mi voz. Mi padre asiente.

—Tenés razón —dice, y me aprieta la rodilla.

Cojo un vuelo a casa unas semanas más tarde. Mi madre está confusa, encantada, le cuesta verle sentido a mi presencia después de tanto tiempo fuera. Tengo exactamente la misma edad que ella cuando se casó con él. Soy rubia y bilingüe. Sé todo lo que hay que saber y soy una cría. Estoy lista para que empiece mi vida.

Mi padre rompe con la novia un mes después de mi marcha.

Necesidad

Estoy sentada en el baño frío de una buhardilla en el norte de Irlanda, llorando. Tengo veintidós años. Mi abuela está muerta. La madre de mi madre se ha ido. Ella, la de los guisantes de olor y la pista de tenis, la del pelo suave y los bañadores con faldón. Ella, la que se sirve a sí misma el desayuno en la cama, deja la leche en un tarro de cristal en el alféizar y come copos de salvado mientras escucha el Servicio Mundial de la BBC. Ella, la que me enseñó a jugar al tenis y a ser elegante y a cortar una rosa. Estoy aturdida. Mi abuelo murió hace solo dos semanas. La de él es una muerte larga. En silencio nos alivia que la espera haya acabado y nos traemos a la abuela a casa para que viva con nosotros. Mi abuela se sienta a la mesa del comedor, escribe una carta tras otra con su exquisita caligrafía enlazada, para agradecer toda palabra de condolencia que se le ofrece tras cincuenta años de un matrimonio complicado. Está cansada, cansadísima. Duerme profundamente, por la mañana no se maneja bien con las perlas. Voy a Irlanda a una fiesta. Me despido de ella con un beso descuidado, inocente.

La madre de mi anfitriona me despierta con la noticia. Se sienta en el filo de mi cama. Sigo borracha, sigo vestida, el lápiz de ojos negro me atraviesa los párpados. Me pone una mano sobre un pie.

Estoy descolocada. Esta mujer lo ha entendido mal, pienso. Se refiere a mi abuelo. Mi abuelo murió. Lo enterramos. Ella niega con la cabeza. Ha llamado mi madre. Ella se ocupará de mi billete de avión. Lo siente mucho, lo siente muchísimo. Me encierro en el baño hasta que llega el momento de irme. Tengo una resaca indecorosa. Me avergüenzo de mí misma. No quiero que se acabe la fiesta. No quiero que mi abuela esté muerta. Quiero irme a casa.

Mi abuela muere en una calle de Londres. Decide ir a ver una película con una amiga, su primera salida desde el funeral. Salen del cine, se plantean merendar, pero mi abuela está cansada, quiere irse a casa. Feroz en su frugalidad tanto como en su independencia, se niega a ir en taxi e insiste en el autobús. Muere de un ataque al corazón, un corazón roto, al bajar del autobús, una mujer con un pañuelo de seda y un monedero vacío, una alianza que es una esquirla y un billete de autobús en la palma de la mano. La Policía no tiene ni idea de quién es ni manera de identificarla. Se hace tarde, la ciudad se oscurece. Mi madre llama a la amiga, que confirma el trayecto en autobús pero no tiene nada más que ofrecerle. Mi madre recorre en coche la ciudad, asomándose a callejones, parando para llamar a casa, pensando que en algún momento mi abuela aparecerá en la puerta. No, dice mi padrastro, no está aquí. No, dice mi hermano, no ha venido. Mi madre llama a la comisaría de la zona. Llama a otra. Con amabilidad, le piden que acuda. Mi madre ve la punta del pañuelo de mi abuela sobre una camilla metálica y se desploma. Mi madre no puede parar de llorar. Está consumida por la conmoción, por la culpa, por los arreglos del funeral. Necesito a mi padre. Lo llamo. No sé qué otra cosa hacer. Le pido que venga. Le digo que lo necesito. Nunca antes le he dicho eso. Llega a los dos días. Abraza con fuerza a mi madre y me agarra una mano desde el principio. Parece desconcertado y al mismo tiempo totalmente en casa. No había vuelto a Europa desde que salió de la cárcel. Duerme en la habitación de mi hermano. No tiene ningún otro sitio en el que quedarse en esta ciudad que una vez fue su hogar. Mi padrastro sirve whisky para los dos, bromea con la cantidad de dinero que le debe mi padre. Nos reímos todos, nerviosos. Mi padre se ofrece a pagar los estudios de mi hermano, dado que mi padrastro ha pagado los míos. El catamarán se hunde por un lado. Sonreímos y cambiamos de tema.

En la iglesia hace calor por los lirios y la gente. Mi abuela era una persona muy muy querida. Nadie está preparado para despedirse de ella. Leo un poema. Trata sobre el triunfo y el desastre, y sobre enfrentarse a ambos impostores por igual. Es la inscripción que hay en la entrada a la pista central de Wimbledon, un lugar en el que mi abuela triunfó durante su juventud. Mi padre nunca me ha oído leer, actuar, hablar en voz alta. Nunca ve una sola obra de teatro mía. Lo leo para él además de para ella. Mi padre asiente, orgulloso, aprobatorio, me aprieta una rodilla. Se mueve entre la familia, tímido y conmovido por tantos rostros que se iluminan al verlo. No se ha sentido querido en mucho tiempo, en ninguna de las dos orillas.

Tras el funeral se celebra una recepción-velatorio y después nos reunimos en casa. Mis tías, escandalosas y con los ojos rojos, cantan y beben, y mi padre se mueve por ahí, nada tímido ya, ya no es un satélite ni una estrella lejana, sino un planeta de nuestro sistema solar. Comienzan a contar historias y luego se dispersan hacia otras nuevas. Recuerdan a los muertos, a los vivos, a los olvidados. Entre el humo del tabaco, entre la pena, se ven unos a otros hace treinta años. Asienten, recuerdan y ríen, y de nuevo tienen veinticinco años, recién salidos del cascarón. Cantamos hasta que se nos queda la garganta ronca, fumamos y lloramos, y parece que la noche no acabará nunca. Los brazos de mi hermano rodean a mi padre, mi padrastro y yo nos abrazamos, mis tías se enroscan con mi madre, se crean y recrean todos los emparejamientos. Me siento desarmada y entera. Estamos de duelo y exultantes. Esto es lo que hace mi abuela: ella es el sitio en el que se junta todo el mundo.

Por la mañana llevo a mi padre en coche a enseñarle la universidad de la que ya me he graduado. Paseamos por las calles adoquinadas y húmedas bajo la llovizna. Nos mareamos con los chapiteles. Le muestro el prado, la catedral, las bibliotecas. Parece que siempre estoy haciéndole a mi padre una visita guiada por mi vida. Echo de menos pertenecer a un sitio. Aquí ya soy una turista. Mi padre compra una sudadera con el nombre de la ciudad. Nos abrazamos con intensidad en el aeropuerto. Le doy las gracias por venir. Le digo que no podría haber pasado por esto sin él. Se le llenan los ojos. Lleva puesta la sudadera en el vuelo a casa.

Hermanos

Mis hijos son competitivos hasta un punto feroz y absurdo. Compiten por el amor de su padre como si fuese una materia prima finita, como si él nunca les hubiese dado ni una pizca, como si viviese con nosotros solo de vez en cuando y no trabajase desde casa, en el despacho de arriba, ni se ocupase hasta de la mínima ampolla, hasta de la última pieza errante de Lego. Viven bajo la luz solar sin filtro de su amor, un día tras otro. Me maravilla el amor tan pródigo que reciben. Aunque me maravilla aún más lo que implica conocerse a una misma con otro ser humano al lado, tamizar tu experiencia a través de dos personas. Mi marido y yo discutimos sobre por qué no hay aguacates en casa. Veo que los niños se miran y levantan las cejas, les sonríen a las gachas de avena. Pienso en todo lo que contienen esas cejas levantadas. En el consuelo de un rostro que siente lo mismo que tú y que dice: Sí, lo sé, esto es raro, pero yo estoy aquí y tú también, y como estamos los dos aquí, sintiendo esto tan raro, la vida da menos miedo, es más soportable. Luego los observo arañarse por ver a quién le toca con la pelota o con el libro y le pregunto a mi marido, que se crio con una hermana: «¿Se pelean demasiado? ¿O esto es un nivel de pelea normal?».

En mi experiencia, la pelea significa ruptura. Ser hija única de unos padres divorciados que viven en continentes distintos es un tipo de locura. Es esquizofrénico. No hay nadie que recoja las piezas contigo, que te diga: Sí, esto es raro, el amor en estas casas es distinto, y tenemos que ser diferentes en estas casas distintas. Cada vez que nos cruzamos debemos desparejarnos no solo del padre o la madre que hemos dejado atrás, sino también de nuestro propio ser. Todas esas escisiones ocurren en silencio y a solas.

Y aun así no estoy sola. Soy hija única con tres hermanos. Y los cuatro somos hijos únicos. No sé que estoy aislada hasta que me hago un poco mayor. Solo conozco mi calurosa buhardilla en la casa de mi madre, pintada de rojo, con la casa de muñecas y los deberes que les asigno a mis muñecas y que luego me siento y hago yo misma, cómo iban a hacerse si no; la claraboya bajo la que arrastro el colchón y entreabro la ventana y oigo los aviones que sobrevuelan Londres y el fútbol bajo los focos en el parque. En esta habitación puedo ser Heidi en el pajar del Abuelo, o Lucy en el armario, o Caroline, mi amiga imaginaria, que es muy guapa y ligeramente mejor que yo en todo. A un adulto solo le cabe la cabeza por la entrada a la buhardilla. Incorpóreos, se impulsan en la escalera roja para ver qué tal estoy o hacerme bajar. Eso es lo único que conozco. Si no, conozco la casa de mi padre, que es dondequiera que esté él. Hasta que me hago un poco mayor y voy a la escuela, no veo lo que es tener hermanos, saber qué música escuchan, tener a alguien a quien pedirle cosas prestadas, con quien exasperarse, con quien compartir y a quien usar como modelo de lo que no ser. Podía haber habido un hermano o una hermana en ese colchón junto a mí bajo un cielo de Londres. Podía haber habido alguien a quien susurrarle de noche y preguntarle dónde estaba nuestro padre, o cuándo volveríamos a verlo.

Mi madre y mi padrastro tienen un hijo varón que nace cuando yo tengo trece años. Quiero a ese bebé con todo mi corazón. Es gordo, está siempre satisfecho, un príncipe. Nos une como una bandera nueva. Pero llega justo cuando yo me voy. Estoy en el internado la noche que nace. Ya me he marchado de casa. Nunca vivimos juntos, solo compartimos la misma casa. Él no tiene mi mismo padre. Apenas compartimos una madre, que además tiene unas circunstancias muy diferentes ahora, casada, mayor, solvente, resguardada, segura. Es mi hermano y pondría la mano en el fuego por él. Y soy hija única.

Mi padre sale de la cárcel con su cartera y un reloj. Mi madrastra se divorcia de él mientras está cumpliendo condena. Nunca vuelve a verlo en la vida. Estipula que mi hermana adoptada ya no lleve el apellido de mi padre y se lo cambia por el suyo propio. Mi padre ha empeñado las joyas de mi madrastra, se ha gastado su dinero, se ha acostado con sus amigas y le ha mentido a la cara. A él no le queda nada de valor que ella pueda apropiarse, así que se apropia de su hija. Mi padre no tiene recursos con los que apelar ni nada que ofrecer. Está furioso y castrado.

Todavía hoy mi madrastra sigue en contacto conmigo y con mi madre. Tarjetas de cumpleaños, deseos navideños llegan religiosamente desde Perú. Nada elaborado. Un hilo tendido alrededor la tierra del que podemos tirar. Pero mi hermana adoptada sale de mi vida casi como entra. Se evapora. Estoy en Oxford. Recibo una carta. Mi madrastra y mi hermana adoptada vienen a Londres, les gustaría llevarme a almorzar. Llevo diez años sin verlas. Voy en autobús desde Oxford y nos reunimos en un restaurante elegante de Chelsea. Mi madrastra está igual, ronca y frágil. Se ha vuelto a casar, con el abogado que llevó su divorcio de mi padre, aunque no hablamos de eso. Mi hermana adoptada sonríe tímida, hace bolitas de miga de pan que deja sobre el mantel blanco y tieso. Hablamos de temas seguros: de la universidad, mi madre, las vacaciones, el reciente alto el fuego con los terroristas en Perú. No hablamos de mi padre. Picoteamos con delicadeza las ensaladas y el pasado. Cuando traen el café y rechazamos los postres, mi madrastra va al grano. Mi hermana adoptada se casa. Dado que es «imposible» que mi padre asista, le gustaría, bueno, a ella y a todos, invitarme para que represente a esa parte de la familia y sea testigo de la boda. Miro a la chica que tengo junto a mí y que apenas ha hablado. Le doy la enhorabuena. Es la primera persona que conozco que va a casarse. Me parece indecente. Se sonroja y baja la mirada.

—Estamos aquí para comprarle el ajuar —dice mi madrastra.

Vuelo a Lima. Me alojo con mi antigua madrastra y su nuevo marido. Es el primer evento social en años. La ciudad ha estado paralizada por ataques terroristas, toques de queda y confinamientos. Recorro el jardín de muros altos, observo

122

cómo se transforma en un globo aerostático de seda blanca mientras unos hombres de uniforme azul van colocando una tienda enorme en torno a todos los árboles, abrazando, cercando el cielo nocturno, tejiendo las ramas con lucecitas invisibles. De los troncos gotean orquídeas. Todo está iluminado. Un hombre envuelve cada uno de los troncos con seda, como los espolones de un caballo de carreras. La niebla se cierne y parece más seda. La noche antes de la boda mi hermana adoptada y yo compartimos una habitación. Nos hemos pasado diez años sin compartir ni una postal y ahora aquí estamos, una junto a la otra en una cama doble, mirando fijamente el techo. Fuera, hombres subidos a escaleras envuelven con urgencia los abedules delgados. Mi hermana adoptada me pregunta por nuestro padre. Le digo que es un hombre cariñoso que no sabe ser padre. Le digo que pienso en él más como un padrino, y que ella debería hacer lo mismo. Le digo que la echa de menos. Le digo que le encantaría estar aquí. Le digo que lo siente mucho por todo el dolor que le ha causado. La arrullo con mentiras para que planee hacia su nueva vida sintiendo en la espalda el mito del amor de un padre. La seda blanca se infla y se mueve con el ligero aire nocturno. La oímos crujir como una vez oímos la selva. Mi hermana adoptada está tranquila. Es inescrutable. Tiene dieciocho años. Es una laguna con perlas diminutas en su fondo oscuro esperando a que alguien las encuentre.

No le he contado a mi padre que he venido a esta boda. Está enfadado con mi madrastra, con cómo gestionó el divorcio, con la rigurosidad del exilio que padece. Está avergonzado de sí mismo pero nunca lo va a decir. Hasta el día en que se muera conservará en su mesa una foto de su hija adoptada, congelada tras un cristal, con un vestido rosa y una sonrisa permanente. Casi nunca habla de ella. Decido contarle que he venido a la boda cuando esté de vuelta.

La boda es católica, impenetrable, mística. Llena de incienso y estatuas sangrantes. Firmo con mi nombre en un libro y me hago fotos con la familia. Estoy en el círculo íntimo y al mismo tiempo soy la persona menos cualificada para estar ahí. No conozco a nadie más que a la novia, a mi madrastra y a sus otros dos hijos, ya adultos, que son cariñosos, acogedores, ni rastro de los adolescentes taciturnos sin rumbo en una ciudad extraña. Se muestran protectores con su madre y su hermana, pero saben que he venido en son de paz. Nadie menciona el nombre de mi padre. La cara de mi hermana adoptada está igual de helada e inmaculada que una tarta nupcial. No recuerdo a su marido. Se divorcian tres años después.

Nos reunimos dentro del jardín-globo aerostático, con los molles bañados en luz, la pista de baile suspendida sobre la piscina. Se me acercan señoras de rostros tirantes y hombres estirados con chaleco blanco, me sonríen y se alejan. Nadie sabe qué hacer conmigo pero todo el mundo muestra una educación exquisita. Se me asigna un soltero para que entable conversación conmigo. Es sofisticado, cosmopolita, impecable. Me lleva a tomar el *brunch* a la mañana siguiente, me recoge en un descapotable plateado, me da un pañuelo de seda para la cabeza y conduce hasta un restaurante en la cima de un monte, muy a las afueras de la ciudad. Me siento como Grace Kelly. Me pregunto si tendrá pensado asesinarme o pedirme matrimonio. Paseamos por la terraza hasta sentarnos sobre un banco de nubes. Me asegura que es la mejor vista de Lima y pide para los dos unos ardientes bloody mary y una bandeja de marisco. El sol empieza a calentar. Pide más bebida. Me enciende un cigarrillo y me hace las preguntas para las que de verdad me ha traído hasta aquí. ¿Dónde está mi padre? ¿Qué ha sido de él? ¿De dónde sale en realidad mi hermana adoptada? ¿Es adoptada en serio o eso es una historia inventada para ocultar una indiscreción de mi madrastra? ¿O incluso de mi padre? Por debajo de nosotros emerge el océano como un mantel azul manchado. El sol deslumbra sin remedio. La niebla se me ha instalado dentro, húmeda y pesada. Estoy mareada por el vodka y la luz brillante y el esfuerzo de llevar tres días seguidos sonriendo, pero lo tranquilizo delicadamente sobre los orígenes de mi hermana. Le digo que mi padre es un hombre brillante. Le digo que no tenemos nada que ocultar. Le pido que me lleve a casa.

Regreso a Londres y llamo a mi padre, tras deducir que quizá, después de todo, esté orgulloso de que haya ido yo en su lugar, agradecido por haber tenido una representación en la boda de su hija. No está agradecido, está incrédulo, y luego glacial por el desprecio. Saboreo la ira de mi padre por primera vez. Se muestra despiadado, me acusa de engaño, traición, deslealtad pura. Le provoco repugnancia. Me cuelga.

Me quedo sentada en la cama de mi madre con el teléfono en la mano. Estoy en blanco, vaciada, una vena sin sangre. Mi madre está escuchando (acaso lo sabe, acaso sabe que va a acabar así; debe saberlo, si no, por qué iba a estar ahí). Me agarra la mano. La conmoción amaina. La sangre regresa. Ahora soy una arteria con pulso. Estoy indignada. Mi padre ha sido intocable toda mi vida. Me he tragado reproches, me he comido arrepentimientos, lo he defendido de todos los ataques, me he cercenado el dolor para que él pudiera seguir disfrutando de mi amor, para que no desapareciese por completo de mí. Y ahora me ha expulsado de sus rodillas, me ha despreciado y me ha desaprobado. Mi madre escucha, me pasa el teléfono.

—Llámalo otra vez.

(Mi madre tiene diecinueve años. Le pregunta a mi padre dónde ha estado. Él le dice que lo deje en paz. Ella le suplica. Él sale de la casa hecho una furia, da un portazo. Ella espera. Espera durante días. Una noche él se desliza entre las sábanas, le pone una mano en el muslo. No se explica. No se disculpa. Ella aprende a no preguntarle nunca nada).

Lo llamo otra vez. Es una de las pocas peleas que tenemos, mi padre y yo. Le digo que me niego a que me cuelgue. Es otra de sus maneras de desaparecer. Ha desaparecido con una hija, no va a conseguir desaparecer conmigo. Le digo que yo sigo teniendo una hermana aunque él haya renunciado a tener una hija. Le digo que yo me tomo en serio mis responsabilidades, aunque él no. Le digo que yo voy a cuidar de lo que él es incapaz de proteger. Me muestro santurrona, ungida por la mojigatería de la juventud. Está enfadado, luego en silencio. No se disculpa conmigo, ni yo con él. Nos reponemos, porque ninguno de los dos puede permitirse perder al otro.

Tengo veintisiete años. Estoy en mi apartamento con las ratas de la fruta y el aguacate. Estoy doblando la ropa limpia. Me llama mi padre. Me pregunta qué estoy haciendo, qué estoy leyendo, cómo me ha ido el último casting. Estos días hablamos a menudo. Se aclara la garganta.

—Quiero pedirte perdón.

Le pregunto por qué.

126

—Por todo lo que me he perdido.

La voz se le espesa. Me dice que su tercera hija acaba de dar sus primeros pasos. Me dice que no estuvo ahí para los míos, que no estuvo ahí para tantas de mis primeras veces. Me pide perdón por todo lo que no ha visto. Me siento en la cama con una toalla húmeda en la mano. Le digo que no pasa nada, que tampoco es que me acuerde, que tenemos esto, que tenemos el presente, que es más de lo que la mayoría de la gente tiene. Insiste y al final lo escucho.

—Gracias —le digo—. Gracias.

En mi siguiente visita, observo que esa nueva hija se sube a su regazo. Estoy sentada en su despacho, en la casa, en un trocito de sol, fumando, hablando. La hija nos escucha, juega con la cara de mi padre, y mi padre me escucha a mí pero no con los ojos. La niña se desenrosca del cuerpo de mi padre y él echa mano de ella, en busca de más. Ella lo aparta. Las manos de él buscan anhelantes y ella lo aparta. No concibo tal indiferencia. Nunca le he apartado las manos a mi padre. Lo único que he hecho ha sido ir en busca de ellas.

Tengo treinta y dos años. Le digo a mi padre que ha llegado el momento de que intente ponerse en contacto con su hija adoptada de Perú. Ha pasado demasiado tiempo. Ya es hora. Puede encontrarla por internet. Puede llegar a ella sin necesidad del permiso de su madre. Es una mujer adulta y encantadora, se ha vuelto a casar, es indulgente, tiene una hija propia, de la misma edad que la tercera hija de mi padre. Es abuelo, le digo. Se ponen en contacto. Mi padre está exultante. Mi hermana adoptada se ofrece a visitarlo. Él acepta de inmediato. Mi hermana adoptada viaja a Buenos Aires y lleva a su hija con ella. Se reúnen a tomar el té en el vestíbulo de un precioso hotel antiguo, padre, hija y sus respectivas hijas (mi antigua madrastra, siempre protectora, la acompaña, pero se queda arriba en la suite, no se une a ellos). Mi padre me llama, eufórico por el alivio y la alegría. Está orgulloso de sí mismo por haber ideado ese plan. Está repleto de noticias sobre su hija recuperada. Me doy cuenta de que estoy aliviada. Había temido sentir celos. Pero estoy aliviada porque la presteza con la que mi padre le dio la espalda a una hija me ha atormentado desde que he sido lo bastante mayor para entender lo que había ocurrido. Nos mantenemos en un relajado contacto, las hermanas reunidas y la prole, un comentario por aquí y otro por allá en los perfiles de cada una, felicitaciones de cumpleaños, una foto al año. Todo el mundo se muestra cariñoso, circunspecto y aliviado.

Hay otra hija más.
Quizá.
Nunca la he conocido.

Tengo veintisiete años. Estoy en mi apartamento con las ratas de la fruta y el aguacate. Estoy leyendo un guion en el portátil. Me llega un correo electrónico de mi padre. El asunto es: «¡Adivina qué!». Lo abro. Es un anuncio reenviado de una óptica. Una joven con gafas de montura negra está sentada a la mesa de un despacho sonriendo a la cámara. Debajo hay una oferta de unas gafas con descuento. Bajo el anuncio, mi padre ha escrito en negrita y todo en mayúscula: «¡¡¡DICE QUE ES TU HERMANA!!!».

Vuelvo a leerlo. La frase no tiene ningún sentido. Suena acusatoria, como si de algún modo yo hubiese confundido a esa joven. Las exclamaciones insinúan algo divertido, bromista, hilarante. No siento nada de eso. Levanto el teléfono. Me dice que la joven de la foto se ha puesto en contacto con él. Ella afirma que mi padre es su padre. Mi padre me dice que no tiene ni idea de si eso es verdad. Le pregunto si es posible. Admite que sí, que es posible, que conocía a su madre, que sí, que tuvieron una aventura en Perú mientras estaba casado con mi madrastra, pero que fue algo breve, que nunca supo que estuviese embarazada, que nunca volvió a tener noticias de ella. Me dice que él mismo insiste en hacerse una prueba de paternidad. Le hago zoom a la cara. La joven tiene el rostro en forma de corazón, la piel tostada, los ojos oscuros. Comparte los pómulos angulosos de mi padre, que son como si alguien hubiese rebanado pan usando un cuchillo de miel. Cierro los ojos, salgo de esa pantalla. Le digo a mi padre que no puede darme otra hermana así, de esa manera, a través de un anuncio de internet reenviado. Que todo el mundo merece datos reales y luego ya veremos. Mi padre vive en un apartamento prestado, con dinero prestado, con su tercera esposa en una habitación separada y su tercera hija, de dos años, trepando por encima de él. A quienes ya tenemos derechos legítimos sobre él apenas nos quedan unas migajas.

No sé si hubo prueba de paternidad alguna vez. La joven se parece más a él que cualquiera de nosotros. Su historia no es la mía, salvo en los puntos en los que se encuentra con mi sistema de raíces y lo azuza. Veo a la joven en Internet. Ella levanta altares a un hombre al que nunca ha conocido. Coloca velas votivas, coches de carreras de juguete y flores artificiales delante de una fotocopia de una foto de él que conservo yo. Me veo incapaz de mirar e incapaz de apartar la mirada. Me pregunto si en realidad esto es tan distinto a lo que hago yo. No quiero compartir a mi padre con ella. No quiero compartir, como hija única que soy. Mi padre ha tenido cuatro hijos únicos. Yo soy la mayor de esos cuatro. Todos vivimos a la sombra de nuestras madres, refugiados por ellas, celosamente custodiados por ellas, todos con nuestra propia historia de abandono y de amor. Mi historia es lo único que tengo.

Soy un perro con una esquirla de un hueso gruñendo a una calle vacía.

Se cayó

Tengo cuarenta y dos años. Voy de camino al aeropuerto para enterrar a mi padre. Me doy cuenta de que mi hermana adoptada no sabe que ha muerto. Que nadie se lo ha contado. No tengo ningún número suyo. Debo llamar a mi antigua madrastra. Llevamos años sin hablar. Su voz es la misma, profunda y terrosa. Dice mi nombre con cariño. La autopista pasa zumbando. Veo la luz blanca grisácea de Los Ángeles, la palidez eléctrica y encrespada del aeropuerto. Saboreo las palabras en la lengua, en español, conocidas pero nuevas, crudas y sangrientas.

—*Se cayó* —le digo.

Mi padre se cayó.

Cayó.

Cayó.

Adrenalina

Cayó de todas las maneras posibles que hay. Mal, como una patada, a pedazos, enamorado, en desgracia, en brazos de la ley, en saco roto, del pedestal.

La palabra «accidente» tiene la caída en su raíz misma. Está formada a partir de *ad* ('a/hacia') y *cadere* ('caer'). Caer a. Caer sobre. Se define como «lo que ocurre sin preverse ni esperarse, un desarrollo imprevisto de los acontecimientos». Parece una definición de la vida de mi padre.

En la infancia resulta complicado competir con la adrenalina. Los niños son lo opuesto a la adrenalina. Son rutina, machaque y repetición inexorable. Cualquier padre o madre lo sabe. La adrenalina es el cosquilleo de la libertad en las muñecas, la inmanencia del caos. Soy una niña pequeña y ya sé que mi padre me quiere sin reparos y aun así sin precisión, que conoce los detalles de mi vida solo vagamente porque desprecia lo cotidiano, porque el centro de su atención siempre está en algún punto más allá del horizonte. Mi madre me quiere con la constancia de un océano.

Con catorce años mi padre roba el coche de su padre, conduce cuatro manzanas y lo estampa contra una farola. Siniestro total. Mi abuelo lo tiene meses castigado, le niega cualquier dinero, cualquier privilegio. Aun así, mi padre se escapa, roba dinero del monedero de su madre, pone el coche nuevo en punto muerto y lo empuja por la cuesta del garaje subterráneo para que nadie oiga el motor. Dieciocho meses después estrella el coche nuevo. Se libera él solo del amasijo, supervisa los daños temblando, convencido de que esta vez su padre va a matarlo. Llega la policía. Mi padre decide desmayarse (ya es un experto en huir). Se despierta en el hospital, oye de fondo a los médicos decirles a sus padres que su hijo no volverá a caminar. Oye los sollozos pero sabe que eso no es verdad. Sabe que ya ha salido caminando del coche siniestrado. Sabe que le ha dicho a su cuerpo que se apague para protegerse de la furia de su padre. Y ahora tiene que decirle a su cuerpo que resucite. Esa es la historia que él cree. Pero su cuerpo no colabora. Está paralizado de cintura para abajo. Permanece meses con una férula de tracción, pasa por meses de rehabilitación. Se dice a sí mismo que esto se lo ha hecho él solo, así que puede deshacérselo. Sale andando del hospital seis meses después.

—Cuidado con la mente —me dice.

Tengo cinco años. Mi padre desaparece en un biplano sobrevolando el Amazonas. El piloto y él pasan días ilocalizables, ni rastro del avión. Los dan por muertos. A mi padre lo encuentran inconsciente, colgado de un árbol, con la butaca enganchada por el cinturón a una rama; lo encuentra el Ejército paraguayo, que por casualidad está de maniobras en la zona. Cortan las correas, lo bajan, lo curan, lo devuelven a Inglaterra, donde mi padre cuenta la historia con alivio.

Tengo un año. Acabo de aprender a caminar. Mis padres regresan de casa de mi abuela en coche, van discutiendo. Mi madre me lleva en brazos en el asiento del copiloto. Un vehículo se dirige a toda velocidad hacia el nuestro, en sentido contrario, por la autopista. Es una colisión frontal, por completo inevitable. Los reflejos de mi padre son tan rápidos que gira el volante para que el impacto sea en su lado mientras mi madre me lanza al asiento de atrás. Los dos salen volando por el parabrisas. Yo caigo al espacio para los pies que hay tras ellos y salgo ilesa, aunque durante todo un año me niego a volver a andar. Mis padres están sedados y cosidos y tienen cicatrices en la cabeza y en las manos. El conductor del otro coche muere en el acto. Todos deberíamos haber muerto.

135

Mi padre decide aprender a volar. Ahora tiene dinero, esposas, hijos, amantes, ponis de polo. Y quiere volar. Va en coche con su mejor amigo hasta un aeródromo a las afueras de Londres. Sondean el campo desde la torre de control del tráfico aéreo. Mi padre divisa un circuito cercano. Lo señala.

—Un momento —dice—. Eso es lo que quiero hacer.

Mi padre ya conduce como un piloto de carreras. Tiene las manos lechosas por las cicatrices. Esa afición lo consume. Conduce en competición. Los coches los paga él. Compite en Fórmula 1 y Fórmula 3. Nunca gana, nunca se clasifica, pero le encantan la competición, la concentración, la velocidad. El chirrido del circuito es la banda sonora de mis fines de semana con él. Mi madrastra se niega a asistir y contemplar cómo arriesga la vida. Veo con él vídeos de sus carreras, mantiene la cara pegada a la pantalla, las manos en los muslos, animándose a sí mismo. Yo juego con muñecas a sus pies.

El hijo del primer ministro quiere correr el Rally París-Dakar con mi padre de copiloto. Mi padre se niega, dice que ese hombre es un payaso. El payaso de todas maneras corre, se pierde en el desierto, hay que rescatarlo, ocupa titulares en todo el mundo. Mi padre se ríe. Luego aparece su propio nombre en un escándalo vinculado al payaso y el tráfico de armas. Mi padre ya no se ríe. Su nombre está en los papeles. Lo convocan a Downing Street. La mujer que lleva el país apenas levanta la enorme cabeza cuando hacen pasar a mi padre.

—¿Mi hijo estaba implicado? —pregunta la mujer aún escribiendo.

Mi padre le asegura que ni él ni su hijo han tenido ninguna implicación, que nunca han oído hablar de esos hombres, que nunca los han visto, que no puede haber nada más alejado

136

de la realidad. La mujer lo despide con la mano y continúa escribiendo.

Mi padre no vuelve a correr.

Nueva esposa. Nueva afición. Tengo veinticinco años. Mi padre tiene cincuenta y siete. Su novia, que se convertirá en su tercera esposa y en la madre de su tercera hija, tiene los ojos llenos de júbilo y una garganta que expone al sol cuando se ríe, cosa que ocurre a menudo. Huele a tabaco y a granos de café expreso. Se conoce las mejores cafeterías de la ciudad y se pasa horas encandilando a todos los camareros con su sonrisa relajada. Todo en ella es sosegado. Es la única mujer que conozco en Argentina que no se alisa el pelo. Se tumba en la cama a comer helado directamente del envase, bajo el chorro del aire acondicionado, viendo telenovelas durante horas. No trabaja de nada. Nunca he conocido a una mujer con tan poco reparo ante su propia indolencia. Se relaja con el cuerpo entero, se ríe con las pretensiones de mi padre, se entrega a las infinitas historias que cuenta él sobre el pasado, se hace amiga de sus amistades y le devuelve a mi padre la vida. Le da un empujón de regreso al mundo.

Pasan los fines de semana en una *estancia* propiedad de una vieja amiga de mi padre. La amiga es una antigua mujer de la alta sociedad que, igual que él, ha saboreado la desgracia, una aristócrata venida a menos tras una condena por drogas muy pública, que ahora tiene que vivir de su finca. Se retira al campo con sus hijos y todos aprenden a trabajar la tierra. La alta sociedad les cierra las puertas, así que la amiga vive aquí, en el campo, arando la parcela de tierra para que dé frutos, montada a horcajadas en un tractor con un bikini dorado descolorido y un sombrero de vaquero. Ella y mi padre se criaron juntos, una deslumbrante pareja de libertinos. Cuando mi padre regresa de su temporada en la cárcel, esta es la amiga que le abre las puertas y que lo recibe, lo comprende, lo socorre. La casa de ella se convierte en el retiro de mi padre, un lugar seguro en el que escapar del calor y del odio de la ciudad, y replicar la rutina familiar de ir al campo los fines de semana. Mis abuelos han vendido su finca para pagar las costas de mi padre, y él ya no es bienvenido en las *estancias* a las que solía ir, así que todos los fines de semana conduce dos horas junto a su nueva esposa hasta la destartalada granja para tumbarse junto a la piscina moteada de verde, jugar al backgammon, beber whisky e intercambiar viejas historias de extravagancias pasadas.

Un fin de semana mi padre ve a unos hombres caer del cielo. Están suspendidos de unos globos brillantes. Cuelgan, caen, bailan por encima de él. Mi padre los observa, unos monigotes frente a la enormidad del cielo blanco, suspendidos sobre el horizonte infinito de la pampa.

Al día siguiente mi padre conduce varios kilómetros hasta el aeródromo. Está compuesto por una pista pequeña, un hangar y un bar. Junto a la pista hay sillas y mesas de plástico desparejas, salpicadas por ceniceros grandes de plástico rojo, manchadas y descoloridas por el sol. Mi padre se sienta en el bar, pide una cerveza. Su esposa coloca una silla al sol, echa la cabeza hacia atrás, estira sus largas piernas en el asfalto, se enciende un cigarrillo, saca una revista. Mi padre observa que llegan unos hombres, hombres jóvenes que descargan su equipo de unos coches maltrechos, hombres que llevan el pelo castaño largo, trabajadores que se dan palmadas en la espalda, que saludan a los otros como a hermanos, que entregan la paga que tanto les ha costado ganar durante una semana de dar clases, conducir un camión o repartir en moto por la intrincada ciudad, la entregan a cambio de abrocharse un traje, cargar un paracaídas, meterse en un arnés y apiñarse en un viejo Cessna abierto por los costados, con un banco como asiento, para subir y subir por encima de la línea de nubes, y luego colocarse las gafas, ajustarse el casco y saltar al aire fluido. Mi padre imagina la puerta abierta. Piensa en la blancura que se desploma, en el rugido del motor, en la rigidez del marco de esa puerta, en la suave caída infinita de antes, en la proximidad de la nada, en el no lugar del umbral. Observa a los hombres reaparecer entre las nubes, inflándose, en vuelo, descendiendo, vivos, encendidos. Observa la niebla de deudas, monotonía, responsabilidad evaporarse de sus ojos. Los observa aterrizar más ligeros, purificados, bautizados por la caída libre. Recuerda esa llama depurativa. Han pasado años desde el último momento que sintió esa ligereza.

Observa desde la tierra, pero solo una vez.

Para hacer paracaidismo de caída libre primero hay que saltar en tándem, amarrado con la espalda incrustada en el pecho de un instructor. El instructor orquesta el salto entero: tira de la cuerda de apertura en el momento correcto, deja que el paracaídas se abra para que os arrastre a ambos hacia arriba, más y más arriba, por las axilas, como la cadena atascada de un perro rabioso, y luego bajáis flotando lentamente, describiendo círculos amplios. Es el salto del turista. Eres un visitante, un *voyeur*. Mi padre salta dos veces en tándem el primer día. Su esposa observa, se toma una cerveza, se hace amiga del camarero. Mi padre vuelve al día siguiente, salta de nuevo dos veces. Los pies le escuecen toda la semana en la ciudad. Está ansioso por regresar. Sueña con la caída, con la paz, con el rugido callado por encima del mundo.

Estoy en Los Ángeles. Intento labrarme una carrera, hacer amigos, ganar dinero. Hago yoga por la mañana, escribo historias breves por la tarde y espero ese papel que quizá me cambie la vida. Mi padre me cuenta que ha empezado a practicar paracaidismo de caída libre. Pues claro que sí, pienso, por supuesto. A lo mejor es lo que debería hacer yo, me planteo. No es la primera vez que me pregunto si es mi padre quien de verdad está viviendo la vida mientras yo permanezco a la espera de que la vida me ocurra.

Mi padre completa veinte saltos, cincuenta, cien. Se pasa los fines de semana enteros en el aeródromo. Invita a rondas de cerveza fría a los chicos, como los llama él, primero se gana su reticente respeto y al poco su inquebrantable devoción. Tienen veinte, treinta años menos que él. La mayoría nunca ha salido del país, pocos del continente. Ninguno de ellos tiene un maletín de cuero en el maletero ni una esposa tomando el sol en una *estancia* cercana. Pero, pese a la diferencia de edad, ingresos y experiencia, todos quieren a mi padre. Lo llaman León. Es su mascota, una muestra de que la edad no tiene por qué significar convencionalismo entumecido ni muerte de la libertad. (La esposa de mi padre se cansa pronto de las sillas de plástico, del vino calentorro y de los cotilleos del aeródromo y se retira a la piscina vaporosa de la casa. Juega a las cartas en sombra, fuma porros diminutos y retorcidos como petardos y se ríe con su amiga).

140

Visito a mi padre y solemos alojarnos aquí en esta casa. La hospitalidad de la amiga es espontánea e infinita, abre habitaciones solo para mí, no nos impone nada más que su generosidad. Me paseo de habitación en habitación por esta casa que no es mía ni de nadie de mi familia. Me siento como una pueblerina, cero sofisticada, fuera de lugar. Estos bohemios de edad avanzada reviven su juventud todas las noches, se maman, se tambalean entre mesitas bajas repletas de marcos de plata con fotografías de gente elegante con trajes de color crema hechos a medida y con vestidos de escote bajo por la espalda. Esperan hasta que me voy a la cama para sacar la cocaína de sus elegantes carteras antiguas y la pintan sobre la mesa de juegos con la facilidad que da la práctica. Por la mañana me levanto antes que el resto, paso por delante de los dormitorios silenciosos e hinchados de sueño, me siento en el salón en ruinas mientras la criada recoge callada vasos, ceniceros, platos. Merodeo por la cocina, desesperada por prepararme un café, por ponerme a buscar las cosas del desayuno. Pero esta no es mi casa.

Me tumbo al sol y me tuesto como un hojaldre hasta que estoy demasiado quemada para respirar, demasiado inflada para quedarme ahí. Me meto un ibuprofeno entre los labios cuarteados y me tiro en la cama bajo el aire acondicionado, y sudo y me da frío y sudo de nuevo y me pregunto si es posible morir por quemarse al sol. Noto como si el corazón se me estuviese abrasando. La amiga de mi padre pasa tranquilamente, con el abdomen fibroso, firme y bronceado, una gorra Stetson blanca cubriéndole el pelo rubio y sucio, un cigarrillo colgando y un vaso tintineante de whisky. Asiente al llegar a mi puerta abierta y levanta el vaso como saludo.

—¿Otra vez por ahí? —me pregunta.

Sí. Mi padre está haciendo paracaidismo, otra vez. Ahora tiene licencia, cae por libre. Se precipita de aviones igual que otra gente se sirve copas. Se eleva, suspendido entre el aire y la gravedad, con la barriga hacia abajo, los pies hacia abajo, la cabeza hacia abajo, y luego tira del cordón para flotar hacia la tierra.

Llevo a mis novios a conocer a mi padre. Es un rito de paso para todos nosotros. Han oído las historias. Traigo a un novio que es actor, con huesos de pajarito, pálido como el pliegue de las muñecas en invierno. Es pelirrojo, delicado y muy muy divertido. Está en las antípodas de mi padre. Me acompaña a Argentina. Nos quedamos en la casa de la amiga de mi padre, la granja del campo, cerca del aeródromo. Los hijos de la amiga están de visita. Son jugadores de polo, modelos, parece que acabasen de llegar de una sesión de fotos en las cercanías. Mi novio de pelo rojo está cautivado. Los estudia como a una forma de vida alienígena. Dice que es como entrever una versión joven de mi padre.

Mi padre se va a hacer paracaidismo. Le pregunta a mi novio si le gustaría saltar. Nos hemos preparado para esto. Es inevitable. Mi novio dice que sí. Nos levantamos temprano para desayunar. Estamos sentados en la cocina, compartiendo café, tostadas. Entra uno de los hijos. Va en ropa interior. El aire se tensa. Es un muchacho dorado, arrugado por el sueño, musculoso. La ropa interior le reluce, muy ajustada y blanca. Se apoya perezoso en la mesa y, cuando echa mano de la cafetera, su entrepierna queda suspendida ante nuestra cara. Le pregunta a mi novio en su mal inglés si tiene previsto saltar hoy. Mi novio le dice que sí. El hijo se estira y señala fuera.

—Yo voy a volar —dice.

142

El hijo sale. Se toma su expreso, se amarra un parapente a la espalda desnuda y corre y se eleva desde el césped como un semidiós motorizado, escapando por encima de los árboles azules de eucalipto hacia el cielo blanco.

Mi novio se ríe, se ríe y sigue riéndose. Se pregunta a qué clase de país lo he traído, donde los hombres más guapos del mundo se enganchan un cortacésped a la espalda y desaparecen en el vacío.

Pasan los años. Tres novios míos saltan de aviones con mi padre. Supongo que si mi padre tuviese un barco saldríamos a navegar. Pero no tiene un barco. Así que no navegamos. Ellos saltan. La granja cambia, cosechan los campos, vuelven a tapizar los sofás, asfaltan la piscina, la habitación de mi padre ahora tiene una alfombra, una televisión y un bebé dentro. Es su tercera hija, una bolita con cara de luna y ojos marrones que se pliega en mi hombro. Tiene tres meses y está dormida en brazos de su madre cuando mi padre cae a la tierra como un meteorito.

Va fumado cuando sube al Cessna esa mañana. Se lía un porro pequeño y apretado y se lo fuma a solas en el coche. Mete la cartera y la bolsa de hierba bajo el asiento delantero, sale y va a vestirse. Se sube al avión, habla un poco con los chicos, sobre la semana, el tiempo, el salto de algún otro. Llega a los doce mil pies y salta, un hombre en descenso. Cae, primero erguido, con el viento azotándole la cara, apaleándole las mejillas, los labios, tamborileándole en los tímpanos. La adrenalina le palpita en el cuello. Con el pulgar puede tapar su maltrecho coche aparcado en el solar diminuto; puede anular la *estancia* que no es suya, en la que su esposa y su bebé duermen en una cama prestada. Cae muy rápido y muy lento. El tiempo se detiene y se precipita hacia él. Cae y se hunde bocabajo y gira, y el gran barril que es

143

su pecho rebana la atmósfera, y mi padre se ríe ante la extraordinaria simpleza de todo ello y se da cuenta demasiado tarde de que es hora de abrir. Para cuando acaba de pensarlo, tiene el paracaídas hundido tras él, no ondea, no opone resistencia al viento con su seda brillante ni ralentiza la fuerza del descenso. Para cuando acaba de pensarlo, su vida ya ha cambiado de manera irrevocable. Hay que completar al menos dos giros amplios y lentos para reducir la velocidad antes de aterrizar. Él apenas completa uno y choca contra el suelo con la fuerza de un hombre que cae de un silo de grano. Levanta una pierna, la derecha, para salvar lo que pueda, y asume todo el impacto con la izquierda. La tibia se hace añicos y el peroné se hace astillas, ambos le rasgan la piel.

Mi padre se desmaya al instante por el dolor. Los hombres del hangar salen corriendo hacia él, convencidos de que lo han visto morir. Corren hasta él, gritando hacia atrás para pedir ayuda. Me entran náuseas al escribir esto. Estamos en el ensayo de su muerte. No quiero imaginarme el complicado ángulo de la pierna, la tierra y su sangre mezclándose. No quiero imaginarme a mi padre inconsciente en un campo con ese toldo de seda agitándose tras él, a los hombres corriendo hacia él, la implacable inmensidad de ese cielo enorme. Me niego, igual que me niego a su cuerpo destrozado en una azotea quince años después.

Mi padre se la juega con todas las leyes, gravedad incluida.

Me llama un amigo. Estoy en Los Ángeles trabajando en una serie sobre el matrimonio. Me cuenta que mi padre se ha caído y que ha aterrizado mal, que está vivo, que está en un hospital, que está mal herido pero solo en la pierna, nada en la cabeza ni en la columna. Me cuenta que ha tenido suerte,

144

que es un león, que es un superviviente. Se supone que debo sentirme aliviada. En vez de eso estoy confusa, anestesiada. Me pregunto en qué momento de mi vida dejaré de recibir llamadas demoledoras sobre mi padre. Me pregunto si alguna vez seré yo quien lo impresione a él.

Me siento junto a su cama en el hospital. Está blanco como una calavera. Hay una jaula enorme que le mantiene suspendida la sábana sobre la pierna, como una tienda de campaña, para que nada le toque esa malograda extremidad, y para que nadie pueda verla. Está con morfina, una sonrisa débil y cálida le cubre la cara cuando se despierta. No me esperaba. Se le llenan los ojos. Mi padre no llora nunca. Estoy sentada en su cama y le agarro la mano, le sostengo la cara. Quiero sostenerle la cara ahora mismo. Con el pulgar le acaricio el dorso de las manos marcadas por las cicatrices. No pasa nada, estás bien, estás vivo, estoy aquí. Es incapaz de hablar. Ladea la cabeza sobre la almohada. Está avergonzado. Tiene miedo. Está aliviado.

—Lo siento —susurra—. Lo siento.

Está blando, está pálido, está amarillo, está en una cama revuelta con los ojos brillosos. Está vivo.

Secuelas

Hacen falta siete años y ochenta operaciones, usando hueso de sus propias costillas y del fémur, y piel del torso, para intentar construirle a mi padre una pierna nueva. La rotura es tan mala y la infección tan profunda que nada agarra. La propia médula del hueso está infectada, rechaza cualquier injerto, cualquier cirugía. Nada consigue cuajar en ella. Mi padre, que se ha pateado el mundo entero, que ha estado colgado en las selvas de Paraguay y ha comerciado con chatarra en Vietnam, que ha esquiado en los Alpes y ha manejado coches de carreras por el circuito de Brands Hatch, que ha domado caballos y ha domado a mujeres, no puede subirse los pantalones solo.

Su estudio se convierte en dormitorio y en su autoproclamada clínica. Un catre individual en un rincón, una mesilla cubierta de vendas, apósitos, cremas tropicales. Tiene la pierna sujeta por un andamio de alfileres protuberantes que se enganchan a patas de mesas y a sábanas y por cuya causa está siempre blanco, callado de dolor. Nunca se queja. Se muerde, cierra los ojos y desaparece de todos nosotros. Atiende a su pierna como un sacerdote a un suplicante. A su dolor le prodiga marihuana, se quita de la morfina cuatro días después del accidente. Le dice al médico: «Soy adicto. Voy a morirme por la morfina mucho antes que por esta pierna».

Cuidado con la mente.

Cultiva un jazmín, gardenias en el balcón, persuade a brotes menudos para que florezcan en sus tubos de plástico. Se monta una selva olorosa en miniatura en un estante estrecho, muy por encima de la ciudad. Rueda de una habitación a otra, asiste a reuniones y visitas médicas temblando con las muletas. Se lía porros de hierba diminutos; los saca de una riñonera de nailon negro descolorido que lleva colgada a la cadera para tener las manos libres para las muletas. Se los fuma como un indigente. Los ojos se le vuelven pequeños, rojos, brillantes. Se muestra lúcido, coherente, y se olvida de todo. La piel se le vuelve cetrina, como un diente amarillento, mientras la infección se le extiende por la sangre. Contra todo pronóstico encuentra un empleo, trabaja para una corporación internacional que busca asegurarse licitaciones del Gobierno argentino para gasoductos. Mi padre actúa como enlace, de nuevo un intermediario. Espera a que se cierren los tratos, ansioso, cuidándolos como a su jardín en miniatura.

Su esposa se retira a su propio dormitorio, a su teléfono, a su televisión. Se hace un ovillo de lado y llora por su vida destrozada. Está recién casada, recién parida. La bebé se tambalea, luego marcha entre ambos, el único puente donde acuerdan encontrarse. El dolor es totalmente solipsista. No hay otra cosa que dolor. No hay espacio para nada más, no hay lugar para la empatía, para angustias ajenas, para tu esposa llorando en la habitación de al lado, para tu marido doblado sobre su cuerpo en ruinas. Su esposa se vuelve dura, se le agota la compasión, se le desprenden el amor y el cariño. La bebé se vuelve cariñosa, es una pacificadora, una aliada para todo. Mi padre se vuelve autosuficiente, imperioso, autónomo en su dolor y en su automedicación. Su obsesión ha tenido un coste inmenso para todos, demasiado para que mi padre lo admita, no hablemos ya de disculparse. Está pagando un precio tan grande que no se atreve a quejarse, pero no va a añadir nada a esa carga pidiéndole perdón a su esposa. Soportará el dolor en público, no la vergüenza. Voy de visita a menudo. Duermo en el agotado sofá blanco del salón. Le llevo libros a mi padre, perfumes a su esposa. El aire entre ellos pesa. Se iluminan cuando llego. Otro puente en el que encontrarse. Se ríen, beben el whisky que les compro en el aeropuerto, comparten comidas porque estoy allí para unirme a ellos. Mi padre vuelve a tener una familia y yo formo parte de ella. Se me quiere y se me necesita.

Pero no puedo quedarme. Ni mi padre puede irse. Ahora no puede irse, no puede dejarme. No puede desaparecer durante semanas y meses en viajes inexplicables. El león está enjaulado.

Recurre a los libros para remplazar su vida perdida. Al principio le envío cualquier cosa que enganche. Le envío *thrillers,* a Grisham, Clancy, Harris. Los lee todos. Demasiado oscuro, me dice. Le envío a Hemingway, sobrio y austero. Lo lee. Demasiado macho, me dice. Le envío a Jane Austen. Exquisito, dice, pero qué tiene esto que ver conmigo. Le envío los escritos de viajes de V. S. Naipaul y Paul Theroux. Ah, dice, por fin. Lee y relee a esos hombres, sigue el rastro de su amistad y de su ruptura. Viaja con ellos, se adentra en el subcontinente, en Siberia, en Japón.

Tarda dos horas en preparar la pierna para acostarse.

Mi hermana pequeña trepa sobre mí. Me ve con mi padre pero le da igual que yo vaya. No soy una amenaza para su cuerpecito. Su padre nunca se va a ninguna parte. No lo ha conocido en otro lugar que no sea su estudio. Solo se conoce a sí misma en su regazo, o guarecida junto a su madre en la otra habitación. No los ha conocido compartiendo cama ni dormitorio. Solo ha conocido esas cuatro paredes y que su padre no sale de ellas.

Transcurridos siete años de batalla, la infección de mi padre se propaga a tal profundidad que los médicos no tienen otra opción que amputar. La putrefacción le ha contaminado la sangre, amenaza con matarlo. Acuerdan conservar la delicada estructura de la rodilla y amputar por debajo. Pero cuando mi padre se despierta, la pierna ha desaparecido entera. Lo han dejado con quince centímetros de muslo.

Dolor

Ceno temprano con los niños. Hay silencio, tranquilidad. Mi hijo, que tiene seis años, me pregunta con los ojos abiertos de par en par si mi padre seguiría vivo si no se hubiese muerto.

—Sí —respondo.

Sé exactamente a lo que se refiere.

—¿Cómo murió? —me pregunta.

Lo miro. Sabe cómo ha muerto mi padre. Es una historia que los dos se saben de memoria. Estoy aturullada, irritada.

—Ya sabes cómo murió, mi amor.

—Se cayó de una ventana, ¿no? —insiste.

—Sí.

—¿Fue porque quiso?

Mi hija, mi anémona de mar, me cubre una mano con la suya.

—¿Estás bien, mamá?

Me levanto.

—Voy a darme un baño.

Camino hacia las escaleras, me vuelvo, le doy un beso a mi hijo en la cabeza y me alejo antes de que pueda hablarme de nuevo.

Me siento en la bañera y me quedo mirando por la ventana oscura.

Luego le cuento a mi marido que me impacta ver lo duro que me sigue resultando hablar de la muerte de mi padre. Me siento protectora con él, con la violencia de cómo murió, con lo absurdo de todo ello. Es un mal remate para un chiste malísimo. Y ahí se queda, tácita en el aire, la posibilidad de que lo hiciera con intención. Ni siquiera puedo escribir las palabras «a propósito». No puedo retenerlas en mi cabeza. La idea de que su historia acabe así, con ese batacazo obtuso, me parece demasiado desoladora, demasiado boba, demasiado absurda.

Mi padre puede soportar todo el dolor del mundo siempre que sea suyo. El mío para él es intolerable. Raras veces lo afronta. Lo nuestro es una glamurosa historia de amor. Nos vemos en Barbados, Lima, Cuzco, París, Buenos Aires. No tenemos ninguna posibilidad de convertirnos en rutina el uno para el otro porque la repetición requiere tiempo, y de eso no tenemos. A él no le va la monotonía de observarme resolver fracciones, rellenar veranos interminables, inventar una comida más. Mi padre me enseña a jugar al backgammon, tomar una curva a gran velocidad y preparar un bloody mary.

Tengo seis años. Estamos en Marbella, nos alojamos en un hotel blanco cerca de la playa. Mi padre ha alquilado una villa en el campo de golf y hay una niñera que nos cuida a mí y a mi hermana adoptada. Nunca antes hemos tenido niñera. No recuerdo su nombre. Ha venido con nosotros. Tiene el pelo rojo fuego y ocasionalmente me deja hacerle una trenza si me porto bien. Lleva el mismo bañador negro y fino durante dos semanas. Es bajo por delante y los pechos le asoman por los lados y es alto por detrás y el culo le asoma por los lados, y todos la miramos y sabemos que debemos hacerlo y que no, cuando sale de la piscina y cuando se deja caer sobre la piedra caliente, reluciente y brillante. Mi padre lleva gafas de sol pero veo que la mira. De noche el bañador gotea en el porche como una piel de foca. De noche hay peleas en la habitación en la que duermen mi padre y mi madrastra. Mi hermana adoptada y yo nos ponemos las almohadas encima de la cabeza para no oír el dolor de mi madrastra, el tono bajo de mi padre. Me despierto y oigo la puerta principal cerrarse de golpe y unas ruedas crujir en la gravilla. Me pregunto si mi padre volverá o si me quedaré para siempre varada en una villa blanca con dos mujeres que se odian. Nos pasamos los días con la niñera. Mi padre viene para las comidas, a veces. La niñera se ahueca el pelo por las mañanas, picotea melón, desaparece por las tardes.

En el hotel, al otro lado del campo de golf, hay una piscina infantil grande, poco profunda. Vamos allí a pasar la tarde. Juego con mi hermana adoptada. Agradezco su compañía y me exasperan su edad, su lenguaje, su novedad. Es un cachorro al que no hemos adiestrado, aún propenso a morder. Es excitante, agotadora, frustrante. Nos echamos en las tumbonas y nos peleamos. No quiero estar a cargo de ella. Quiero a una amiga cuyo bienestar quede en sus propias manos. Las sombras son largas. La niñera tiene los ojos rojos y una revista. Veo a una niña con trenzas y un bañador rosa. Puedo ser su amiga. Corro a la piscina y bajo demasiado rápido los amplios escalones que hay en el lado poco profundo, escalones que patinan tras todo un verano de cremas solares, y al correr me deslizo, me resbalo, me caigo y me abro la cabeza con el borde afilado de uno de ellos. La niña del bañador rosa grita. La piscina se nubla de sangre. Alargo la mano hacia atrás y noto la costura abierta en la cabeza. La niñera está en la piscina, me envuelve en una toalla que se va enrojeciendo, me saca, y mi hermana adoptada observa con la boca abierta, los brazos pegados a los costados, rectos, como un soldadito de plomo.

No recuerdo cuándo ni cómo aparece mi padre, ni al médico que me atiende. No sé si viene él o vamos nosotros. Estoy sentada en el regazo de mi padre y llamo a mi madre para darle las buenas noches, como hago todas las noches que no estoy con ella. Llevo puesto el camisón, el de las rosas diminutas, y un vendaje que me envuelve la cabeza, y le digo que he pasado un buen día, un día normal en la piscina. Mi padre tiene una mano en mi espalda, asintiendo, animándome. Ojalá mi madre me preguntase, de la nada, si por casualidad me he caído y me he abierto la cabeza, para poder soltar todo el aire, llorar y decirle: Sí, sí, ha pasado eso, y no romper mi promesa. Y es que he dado mi palabra de no contarle nada a mi madre. Mi padre me ha dicho que no lo haga. Me ha dicho que no la preocupe. De todos modos, dentro de unos días estaré en casa. Entonces se enterará.

Lo que no mencionamos no ocurre. Lo que no mencionamos no tenemos que sentirlo.

154

La niñera desaparece esa noche. Su habitación está vacía a la mañana siguiente. Solo hay un charquito en el porche donde ha goteado su bañador. Mi hermana adoptada llora, la echa de menos. Intenta ayudarme a hacer la maleta. Sigo mareada. No puedo. Nadie vuelve a hablar de la niñera. Regreso a Londres, donde mi madre me abraza y me dice que lo sabía, que sabía que había pasado algo. El médico inglés comenta lo apretados que están los puntos.

—Bordado español —dice, y resopla.

Visito a mi padre poco después de su amputación. Ya está en casa. Está tumbado en la cama viendo la televisión, con los brazos hacia arriba y la cabeza apoyada en ellos. Ya no está amarillo. Tiene la sangre limpia por primera vez en años. Se ilumina, abre los brazos hacia mí. Rodeo la cama con los ojos clavados en los suyos, incapaz de mirar la vacuidad de más abajo. Me tumbo junto a él. Me dice que está mejor, que la vida es mejor, que todo será mejor ahora. Retira la sábana, como poniéndome a prueba, como poniéndose a prueba él, para ver quién se sobresalta primero. No me sobresalto. Mi padre me enseña el muslo diminuto. La pulcritud de los puntos. Mientras hablamos, el muslo se levanta por cuenta propia, fálico, obsceno, inexplicable. Estoy horrorizada. Un reflejo, me explica con calma. El cuerpo está aprendiendo dónde acaba ahora. Mi padre lo baja, lo cubre con la sábana.

La tercera hija de mi padre, la que tiene con su tercera esposa, es ahora un niño. Para distinguirlo de mi hermano, el hijo de mi madre y mi padrastro, lo llamaré el hijo de mi padre. Hoy el hijo de mi padre me envía una copia de unos correos electrónicos que ha encontrado en un cajón, un intercambio que mi padre apreciaba lo suficiente para imprimirlo y guardarlo. El correo es de uno de los amigos paracaidistas de mi padre, un hombre al que él adoraba. El amigo escribe al enterarse de la amputación. Escribe sobre la valentía de mi padre, sobre lo seguro que está de que pronto lo verá dando bandazos con una prótesis, haciendo paracaidismo otra vez, sin ninguna duda. En el mensaje de respuesta, mi padre le habla a su amigo sobre la «cara de póker» que puso cuando los cirujanos le soltaron la noticia de la dimensión de la amputación. Es una cara de póker que adoptará para casi el resto de su vida.

Mi padre espera meses hasta que se le cura el muñón (esa palabra, sumamente densa y pesada en la lengua, deformada, abreviada) y entonces empieza la larga batalla de caminar con una prótesis. Es doloroso leer a su amigo animándolo, tranquilizándolo con imágenes de maratones, saltos en paracaídas, un nuevo comienzo, sabiendo que aún vendrán años de ampollas, carne inflamada, sarpullidos. Su cuerpo está conmocionado. Su cuerpo no se cree que ahí no haya una pierna. Un dolor fantasma acecha la rodilla imaginaria y el tobillo desaparecido. Mi padre está plagado de calambres que no puede tocar. Vive con un fenómeno paranormal. Apenas utiliza la prótesis de la pierna, apoyada en una pared salvo cuando debe asistir a algún acto formal. Mi padre lleva pantalones cortos, cada vez ve a menos amigos. Fuma más hierba, tiene siempre un plátano (potasio, bueno para los calambres) junto a la cama para cuando se despierta doblado por un dolor al que no puede echar mano. Lee en internet que debe enseñar a su cerebro a reconocer dónde

156

se le termina el cuerpo. Se coloca un espejo frente al muñón y lo mira fijamente mientras se da golpecitos insistentes con las manos en el muslo amputado, para grabarles a fuego el nuevo límite a sus músculos.

Se supone que la amputación debe cercenar siete años de dolor y matrimonio ulcerado. Se supone que debe ser un nuevo comienzo. Pero en vez de eso es una vacuidad poseída por el pasado. El caminar torcido de mi padre refleja el desarrollo torcido de una familia en la que mi padre cuida de su pierna y su esposa cuida de todo y de todos los demás. El dolor fantasma, el recuerdo del trauma los aflige. Leo y releo la carta del compañero paracaidista, veo a mi padre a través de sus ojos. La enormidad del hombre, la idolatría de su persona, lo querido que era. Para esos hombres, mi padre debió de caer igual que Ícaro.

Mi padre aprende por su cuenta a manejar la palanca de cambios con una pierna. Utiliza la muleta y un pie izquierdo veloz para arrancar el coche y meter la marcha. Está enormemente orgulloso de esta capacidad. No hay dinero para un coche nuevo. Apenas hay dinero para una pierna nueva. Mi padre pide que se incinere la pierna amputada y guarda las cenizas en una bolsa bajo el asiento del conductor. El hijo de mi padre me cuenta que si alargaba el pie desde el asiento de atrás tocaba la bolsa con los dedos. Mi padre quiere esparcirlas por el aeródromo, pero eso no ocurre nunca. Nadie sabe muy bien dónde acaban las cenizas de la pierna.

Tengo cuarenta y un años. Mi padre viene a visitarme a Los Ángeles. Quiero que conozca a mi hijo, que tiene nueve meses.

157

Le pago el vuelo, gasto millas para subirlo de categoría y sorprenderlo. Voy a recogerlo al aeropuerto. Está tenso, círculos oscuros bajo los ojos, el pelo rapado, la cara canosa. Nunca en mi vida he visto a mi padre sin afeitar. Se me acerca y me da un beso.

—¿Qué es esto? —le pregunto acariciándole el rostro.

Se toca la barba incipiente. Me cuenta que a su hija le gusta.

—Dice que así estoy mejor. ¿No te parece?

Dudo.

—Me acostumbraré.

—Bueno, a mí tampoco me gusta tu pelo.

Siento como si me hubiese abofeteado. Mi padre no me ha criticado nunca. Lleva en mi coche menos de un minuto. Estoy perdida. Salgo en desbandada.

—¿Qué tal el vuelo? ¿Cómodo? —le pregunto.

Mira por la ventanilla.

—No estuvo mal.

Espero.

Se mira las manos.

—Lo han cambiado todo. No sabía cómo funcionaba el asiento. No quería parecer el típico tonto que no ha viajado nunca. Esperé para fijarme en mi vecino y comprobar dónde le daba él para reclinar el asiento o ver una película. Pero se puso un antifaz y se durmió.

—¿No pediste ayuda?

Mira por la ventanilla otra vez.

—Me sentía como un payaso. No conseguí que nada funcionara.

Alargo una mano y la pongo sobre la suya. Me la acepta pero sigue mirando por la ventanilla.

Las palmeras se difuminan y se retuercen en el pasillo gris que forma la autopista. Esta se extiende interminable con coches enfadados e inmóviles. Desearía estar en casa con mis hijos. Desearía que mi padre no hubiese venido. Nos pasamos la semana tranquilos en casa. Llevamos a los niños a un parque en el que mi padre empuja a mi hija en el columpio, cada vez más y más alto, mi hija que dobla el cuello hacia atrás, se le balancean las piernas rollizas, las manos de mi padre que la estabilizan mientras vuela. Mi padre se esconde tras un poste fingiendo ser invisible, mi hija chilla con la broma, suplica más mientras yo tengo en brazos al bebé, que sonríe con suntuosidad al sol. Compartimos agua, helada, y manzanas troceadas, y observamos a los halcones planear muy alto por encima de los montes, y los niños están felices, nosotros estamos felices. Aquí está, mi padre invisible. Aquí está, para que mis hijos lo conozcan. Me alegro de que haya venido.

Mi hija está en el jacuzzi. Le pide a mi padre que se meta en el agua con ella. Mi padre se pone sonrosado de orgullo. Lleva unos pantalones cortos con la prótesis de la pierna cubierta por una media de nailon color carne, una pierna de secretaria, con una pantorrilla diminuta y un tobillo esbelto. Mi padre va a cambiarse, sale con el bañador y se acerca al jacuzzi. Se detiene un instante, alarga la mano y se desencaja la pierna, la apoya en el jacuzzi. No pensé que fuera a ser tan repentino. No nos he preparado para esto. Mi hija se queda mirándolo fijamente, estupefacta. Niega con la cabeza, con la boca abierta. Vadea el jacuzzi e impulsa su cuerpecito para salir, incapaz de quedarse, incapaz de hablar. Le tiendo los brazos para explicarle, para contenerla, para mantenerla con él. Ella lo bordea como si fuese una serpiente en la hierba. Niega con la cabeza susurrando para sí misma, incapaz de mirarlo. Le he hablado de la pierna de su abuelo, pero con dos años no tiene palabras para lo que acaba de ver. Le repele, le horroriza. La tranquilizo y me disculpo con mi padre por encima de la cabeza de mi hija. Siento el calor de su vergüenza, lo veo retorcerse en torno a algo que no puede gestionar, algo que se llama culpa.

—¿No se lo habías dicho?

—Se lo había dicho.

Mi padre termina de meterse en el jacuzzi y fija la mirada en el océano.

Todas las tardes, a última hora, mi marido le prepara a mi padre un cóctel del mismo color que el atardecer y se lo lleva fuera. Mi padre se sienta, con la espalda apoyada en la pared de la casa, contemplando la inmensidad del cielo más allá y las gruesas franjas de naranja y azul marino que lo ribetean mientras se disuelve el sol. Levanto la vista del fregadero de la cocina, donde tengo a mi bebé acoplado para su baño, mientras en la mesa mi hija se tira guisantes por la cabeza con la cuchara. Desde el fregadero, con mis hijos, lavando cuerpos y platos antes de preparar la comida de mi padre, observo cómo se le hunden los hombros, se le ralentiza la respiración, se le ensancha el pecho. Necesita esto, pienso. Aquí se siente en paz. Le he dado paz. Él nunca me ha dado paz, pienso. No me merece, pienso. Vuelvo a enmarañar ese pensamiento en mi interior. En vez de pensar, le grito a mi marido, le tiro una lámpara, sobrepasada por la colada, por las comidas, por cubrir las necesidades de un hombre que nunca ha cubierto las mías. Fuera, mi padre da un sorbo a su bebida.

En la cena nos cuenta historias. Ya las he oído todas. Ahora no las recuerdo. Solo recuerdo la luz detrás de él, su forma de doblar la servilleta y de empujar el plato hasta el otro lado de la mesa para que yo lo limpie, la exquisitez de sus modales comiendo y el espejo quebrado de su narcisismo. Me muero por acostarme. Me pregunto por qué lo he invitado. Me pregunto cuántos años de mi vida me he pasado añorando a mi padre, y ahora está aquí y quiero que se vaya. Mi marido, que vive por y para las historias, se acerca más a su suegro. Se adoran. Mi padre agradece que yo haya elegido a un hombre que es cariñoso, que es constante, que no se va. Le da las gracias a él a menudo. Eso me irrita, como si mi marido nos hubiese hecho un favor casándose conmigo. Recojo la mesa, desesperada por dormir, por escuchar una simple pregunta de cómo me siento.

Daría todo lo que tengo por pasar otra hora sentada a mi mesa con mi padre.

En su última noche nos confía que hace poco su hija le ha dicho que es lesbiana. Y que no es su hija sino su hijo, atrapado en un cuerpo equivocado. Y que este nuevo hijo ha elegido un nombre nuevo. Y que su esposa está angustiada y no es capaz de ocultarlo. Mi padre lo está pasando mal. Está haciendo todo lo que sabe hacer, que es querer a su hijo. Suspira.

—La quiero. Lo quiero. Lo que sea, quien sea. A lo mejor es una fase. A lo mejor es para siempre. Pero la quiero. Lo quiero.

Asiento, le pongo las manos en los hombros y le doy un beso en la coronilla. Por eso parece tan pesado. Lo observo reposar parte de esa carga en nuestra mesa. Lo observo curvarse por el miedo y enderezarse por el alivio cuando se abre con nosotros. Estoy orgullosa de él.

El último día llega igual que un bálsamo. Me pregunto si los dos nos sentiremos aliviados de que esto se haya acabado. Ha sido el periodo más largo que he pasado con mi padre en años. Prepara su bolsa de forma pulcra, eficaz. Recorre la casa una última vez y luego se sienta en su silla favorita ante las vistas, como para empaparse los huesos con ellas. Señala el cobertizo al fondo del jardín.

—Me encantaría vivir ahí.

No sé si está de broma. O si me está poniendo a prueba. No lo quiero al fondo del jardín. Después de todos estos años sin él, no sé cómo vivir con él. Sé cómo echarlo de menos. No sé cómo aguantarlo. Lo quiero en otro continente, donde yo pueda gestionar el abandono. Sonrío y cargo sus bolsas en el coche.

Le rodeo el cuello con un brazo y lo acerco a mí para hacernos una de nuestras escasas fotografías juntos. Nos capto bajo la luz debilitada, en el momento de la despedida. Los ojos almendrados le brillan, los tiene pequeños. Sus pómulos se alzan como valles menudos contra mi cara. Parece feliz. Parece triste. Parece cargado. Es la última foto que tenemos juntos.

Vamos en silencio en el coche por la autopista del mar. La arena blanca, los edificios bajos y el atardecer a nuestra espalda.

—Fue la semana más feliz de mi vida —dice.

Me pregunto cómo puede ser eso verdad.

Dos semanas después llama para contarme que su esposa va a dejarlo. Está harta. No puede más. Lleva dieciséis años siendo su enfermera. Ha llegado el momento de reclamar su propia vida. Tienen que separarse, compartir la crianza y el poco dinero que hay. Mi padre suena desconcertado, totalmente perdido. Ni el accidente, ni las operaciones, ni la amputación lo habían dejado tan desanclado. Apenas es capaz de acabar una frase. Me cuesta entenderlo. Y entonces me doy cuenta. Está asustado.

No la culpo por irse. Viven en habitaciones separadas. Son dos barcos a la deriva en el océano. Pero no sé qué va a pasar con mi padre ahora. Acabo de presenciar su ineptitud doméstica, su absoluta dependencia de otras personas. No tiene dinero para pagar una ayuda. No sé quién va a ocuparse de él. El estómago se me encoge ante la perspectiva de tener que averiguarlo. Le prometo que encontraremos algún modo. Decido enviarle unos libros más. No levantes la vista hasta que llegues.

Pasan los meses. Hablamos a menudo. Le mando dinero. Llamo a mi madre, que me dice que no tengo por qué hacerlo, que él debe gestionar su propia familia, que yo tengo una de la que ocuparme. Estoy de acuerdo y de todos modos se lo mando.

Llego tarde a cenar con una amiga. Llama mi padre. Estoy distraída, buscando aparcamiento.

—Tengo algo que contarte.

El sol se pone sobre Venice Beach. Un refugio para hombres sin techo adquiere un rubor sonrosado. Un hombre moreno se apoya en el quicio de la puerta. Mueve los labios. Le reza a su dios.

—Tengo un plan. Esto lo va a solucionar todo. Voy a suicidarme.

Detengo el coche en el arcén.

El hombre moreno se gira hacia mí con la piel chamuscada por el sol, el pelo en llamas, los labios incendiados por el espíritu, los ojos ardiendo. Esos ojos hacen mella en los míos. Me veo la mano con los anillos sobre el volante. Mi otra mano se

163

ha levantado hasta el techo del coche, como si pudiera abrirme paso a puñetazos. Una sirena gime. Una estrella cae.

—¿Estás ahí?

No puedo respirar.

—Es la única manera —dice.

Me cuenta que lo ha hablado con su médico. Que ha hecho búsquedas en internet. Que si recurre a eso su deuda quedará condonada y así su esposa y su hijo tendrán suficiente para vivir. Me cuenta que es demasiado mayor para volver a pasar por un divorcio. Que ha tenido una buena vida. Que ya no le queda nada.

—Pensalo como si fuese uno de los guiones de tu marido —me dice.

Soy una mina que se ha derrumbado. Tengo la boca llena de escombros. No sé cómo abordar lo obsceno de esta propuesta. Le digo que no puede hacerlo, que no debe hacerlo, que no debe decir esas cosas, que no debe decírmelas especialmente a mí, que no vuelva a repetirlo, que cómo me está pidiendo esto a mí, que cómo me pide a mí permiso para largarse, para desaparecer otra vez, que cómo puede decírmelo como si yo no fuese algo por lo que vivir, que cómo puede pedirme que lo deje marchar, además de todo, que a mí no se me puede pedir eso. Empujo el techo del coche con la palma de la mano extendida como para darles a mis pulmones el espacio que necesitan. Sostengo el cielo con la mano porque se me está cayendo en la cabeza. Lloro, suplico, rabio. El hombre moreno de la puerta asiente animándome desde su posición.

Mi padre permanece en silencio.

Y entonces me tranquiliza. Me procura callar como a un bebé. Me mece para calmarme, para que vuelva a respirar.

164

—No pasa nada —me dice una y otra vez—. No voy a irme. No voy a hacerlo. No, sabiendo cómo te sentís. Balbuceo. Le prometo que por la mañana le haré un giro con más dinero. Le prometo que al día siguiente lo llamaré, y al otro, que le mandaré comida, libros, que lo visitaré cuando pueda. Le prometo ayudarlo a encontrar un apartamento, un cuidador, lo que sea, de todo. Mi padre ronronea. Ahora está gordo, con el consuelo de saber lo indispensable que es. Yo estoy vacía. He pasado la prueba. Lo he mantenido con los pies en la tierra cuando estaba preparado para arrojarse una vez más. Lo he salvado. Estoy agotada. Colgamos. El hombre de la puerta se ha ido. Apoyo la cabeza en el volante.

Dos meses después está muerto.

Ventana

Mi padre está en la cama con la mirada fija y llena de odio en el ventanal. Desprecia la luz de la mañana. Necesita oscuridad absoluta para dormir. Tiene la persiana metálica atascada. No puede cerrarla. Lleva días así. La habitación está bañada por la dura luz del invierno. El endeble antifaz de una aerolínea no logra paliar eso. Las cortinas blancas, largas y finas cuelgan como inútiles perneras. La persiana metálica se aloja arriba, en un recoveco por encima del marco de la ventana, y desciende como una coraza. Pero se ha atrancado en un ángulo, no se desplaza. Su esposa ha llamado al técnico, dice ella. Pero mi padre no confía en ella. Su esposa va a dejarlo, va a dejar la casa, por qué iba a llamar a nadie. En cualquier caso, el técnico no llega. Menudo país. Nada funciona. Nadie trabaja. Mi padre se levanta de la cama. Cruza la habitación a saltos. Tiene la pierna apoyada en la mesa. Es tontería colocársela. Solo va a echar un vistazo. Abre el ventanal para situarse directamente bajo la persiana metálica, para inspeccionar lo que pueda estar bloqueándola. Las cortinas se tranquilizan, se enderezan con el viento suave. Mi padre se apoya en la barra de seguridad que atraviesa el ventanal a la altura de la cintura para evitar que algún incauto salga por ahí. Estira el cuello para mirar. Lo vería todo mejor si lograse estar un poco más alto. Se impulsa con un pie, dos manos apoyadas en la barra de seguridad. Levanta las manos por encima de la cabeza para llegar a la persiana, para darle un último tirón. Está orgulloso. Míralo. De pie en una barra con una sola pierna. Técnicos para qué. Escaleras para qué. Dos piernas para qué. Va a enseñarle a su esposa que él apenas necesita nada. Va a enseñárselo al mundo entero. Tira. Se resbala. Se cae.

Se está cayendo. Es invierno, es frío, el aire.

Ay, mierda, piensa, me estoy cayendo qué hice me estoy cayendo, me estoy cayendo otra vez otra vez y otra qué hice otra vez.

Funeral

Temprano. Luz blanca. Camisón blanco en una cocina helada. Pies desnudos en un suelo de madera. Bebé espatarrado en la trona. Hija pidiendo el yogur a gritos. Marido aún dormido. Siempre dormido. Café, cucharadita, resentimiento, yogur. Suena el teléfono. El número de mi padre. Muy temprano para él. Una voz que no conozco. Dice su nombre dos veces. El hermano de la esposa de mi padre. El hermano de la tercera esposa de mi padre. Es policía, lo recuerdo. Me pregunto cómo tiene mi número. Estoy fuera porque en la cocina hay demasiado ruido. En el umbral de la puerta. Con una mano en el dintel. Ladrillo blanco bajo mis dedos.

—*Su padre falleció esta mañana.*

No conozco ese verbo. Solo conozco *morir.* Pienso que debe ser un verbo de la Policía. Me pregunto cuál será su raíz.

Me pregunto cómo estoy ahora en el jardín. El hombre sigue hablando. Tengo los pies húmedos. El césped está encorvado por el rocío. Las gotas pesan muchísimo. Ahora estoy ante el melocotonero. Estoy ante el melocotonero y dentro los niños lloran y estoy en camisón y mi padre está muerto.

Estoy en Argentina. No tengo ni idea de cómo he llegado aquí. Mi amiga y su familia me recogen en el aeropuerto. Como si fueran una criatura mítica de muchos brazos, me llevan a su casa, me instalan suavemente en un dormitorio desalojado hace mucho por uno de sus seis hijos. Me siento en una cama hundida con un montón de colchas blandas y polvorientas. Una vieja boa de plumas languidece detrás de la puerta. No puedo cerrarla, no puedo dejarla abierta. No sé dónde estar. Mi amiga está a mi lado. La conozco desde la cuna. Comprendo la profundidad de mi pérdida porque la veo en su cara húmeda. Tiene una mano menuda apoyada en la mía, inútil y dadora de todo. Estoy plomiza. Siento el dolor reconocible de no querer ir a casa de mi padre. No quiero ir allí, ver, saber, empezar esta vida nueva en la que él no está. No quiero estar aquí sin él. No sé cómo estar en esta ciudad sin él. No sé qué hacer con esta insoportable liberación de no tener que verlo.

Pero él sigue aquí, aún no se ha ido.

Estoy en casa de mi padre. Su esposa viene hacia mí, me abraza contra su cuerpo. Nos abrazamos la una a la otra. Ella se mece, yo lloro, lloramos, nos mecemos. Ella ya es más fuerte que antes. Las manos le tiemblan mientras fuma. Bebemos vino tinto en vaso. No subimos las escaleras. Aparece la hija de mi padre que ahora es su hijo. No lo he visto nunca con este cuerpo. Es guapo, callado, pleno. Se parece a mi padre de joven. No llora pero me abraza fuerte y luego se va arriba a estar solo. Su madre espera, se vuelve hacia mí.

—Nunca podré dejar de verla.

Se refiere a la silueta rota de mi padre en esa azotea. Niego con la cabeza. Me niego a imaginarlo. No podré liberarla de esa imagen compartiéndola con ella.

Tenemos que redactar la esquela para el periódico. La esposa de mi padre busca un bolígrafo, un cuaderno. Hacemos espacio en la mesa diminuta del comedor. Nunca he escrito una esquela en ningún idioma. No tengo ni idea de lo que hay que decir. La esposa de mi padre hace búsquedas, copia, escribe. Yo miro hacia la escalera a oscuras. Hace un día mi padre estaba aquí. Hace un día yo le habría gritado por esas escaleras para ver si necesitaba algo. Las habría subido cargando en equilibrio libros, vino y queso para él. Mi padre me habría recibido arriba, con una mano en la barandilla y la otra extendida para agarrarme por la mejilla, acercarme la cara y darme un beso. Pero hoy las escaleras están en silencio. Algunos días mi padre solo baja una vez, prepara algo de comer y luego vuelve arriba, a rastras. Su esposa y él no se hablan. Su hijo hace de lanzadera entre ambos, transporta su amor arriba y abajo, subiendo y bajando esas escaleras.

Ahora estoy en la habitación de mi padre. Se ubica en lo más alto de la casa. Él la llama su búnker. Consta de un dormitorio, un baño, un guardarropa con una mininevera para ahorrarle las escaleras y una terracita en la que puede hacer su yoga y su pino con una pierna. Aquí está su mundo, su escritorio, su televisión, sus libros. Este hombre, que ha recorrido el globo terráqueo, ahora vive con un bidé y un minibar polvoriento como única compañía.

Las cortinas blancas respiran y se enroscan con la brisa. Me acerco a la cama. Sus gafas reposan en la mesilla sobre un libro. Están sucias, llenas de huellas de sus dedos. El libro es una colección de relatos que le regalé cuando vino a visitarme a Los Ángeles. En el reverso de la cubierta, a lápiz, con su caligrafía apretada, mi padre ha escrito la fecha y mi nombre. Ojeo el relato que ha estado leyendo. Trata sobre un padre que visita a su hijo en la universidad y sobre la incapacidad de ambos para conectar. Trata sobre un padre y un hijo que no pueden cerrar el abismo que los separa. Cierro el libro.

Su prótesis de pierna está apoyada en el escritorio atestado. Un viejo ordenador de mesa domina todo el espacio. Está rodeado por montoncitos de papeles, facturas, recibos y más recibos. Bajo las pilas de documentos, cautivas tras el cristal, hay fotos de todas sus hijas, de ojos oscuros y azules, y una imagen de él congelado en mitad del aire con un mono rojo, las piernas a lo rana, masas de nubes por detrás, los ojos como platos, los pulgares en alto, y junto a ella otra foto de él con su tercera esposa, enlazados por los hombros. Abro los cajones con cuidado, vacilante, como si mi padre pudiera entrar en cualquier momento. Están llenos de bolsas de plástico anudadas, gomas en una cajita plateada, clips, garabatos hechos con ceras y dibujos de su niño pequeño, e instrucciones amarillentas de cámaras, faxes, teléfonos. En un cajón inferior una bolsa de plástico llena de revistas y recortes de mi carrera como actriz. Lo vacío todo en la cama, repaso las páginas con mi cara joven y sonriente, una revista con esquinas dobladas que no tenía ni idea de que mi padre hubiese guardado y que incluye una foto mía con él, los dos juntos.

Paso por delante de su librería, pequeña pero pulcramente ordenada, organizada por autores, y deambulo hasta el guardarropa. Nada de camisas con una iluminación delicada, cada una en su cajón deslizante. Es una habitación oscura, motas de polvo flotan bajo el único rayo de luz. Pilas descoloridas de pantalones cortos y jerséis muy bien doblados. Una hilera de trajes intactos, con los hombros ligeramente desteñidos por la luz del cielo que entra desde arriba. Sobre una balda hay una botella escasa de whisky junto a un trozo de brie que se está poniendo duro en un plato. Este sitio es privado, un lugar donde se almacenan placeres que se administran con minuciosidad. Lo estoy invadiendo. Pienso en mi frigorífico, a reventar de comida sobrante, restos, pedidos a domicilio. Me avergüenza mi abundancia frente a esta carencia palpable. Mi padre tiene poquísimo con lo que mantenerse. El aire mismo parece fino. Regreso al dormitorio.

Las cortinas blancas se mueven y murmuran.

El ventanal continúa abierto. Nadie lo ha cerrado. La cortina metálica, aún torcida, reluce como una guillotina. Más allá se ve el cielo azul de la ciudad, duro y brillante. Azoteas. Abovedadas, planas, alicatadas y de cemento. Antenas, cables de electricidad hundidos y aparatos de aire acondicionado. Unas pocas copas de árboles desgarran el horizonte. Miro hacia abajo. Seis metros por debajo de mí hay una azotea plana y negra, dividida por una tubería blanca y rota.

Cojo el libro de relatos que está al lado de su lado de la cama y la lata redonda y plateada de gomas.

Las cortinas blancas se estremecen y se ensanchan cuando cierro la puerta tras de mí.

Alguien, olvido quién, me dice que han buscado una nota. Por si no ha sido un accidente. Por si mi padre ha elegido esta muerte. No encuentran ninguna nota. No sé si habrá alguna que encontrar. No sé si ha escogido esta muerte o esta muerte

173

lo ha elegido a él. Mi padre no habría elegido una muerte tan violenta, pienso. No habría corrido el riesgo de vivir con una incapacidad aún mayor, con un dolor aún mayor. La muerte que me describió a mí consistía en desvanecerse mientras dormía. No era esta. Nadie quería esto. Pero rezo para que, en algún momento, al resbalar y caer, sintiera alivio.

Duermo mucho y profundamente en mi dormitorio prestado. Por primera vez en años no tengo hijos que me despierten. Estoy ebria de cansancio. Mi amiga me levanta con un café. Llegamos tarde al funeral de mi padre.

Atravesamos la ciudad. Los padres de mi amiga discuten sobre qué ruta seguir. Voy sentada detrás, observando la ciudad, agradecida por el cariño de estas personas, agradecida por que me lleven adonde sea, por no tener que controlar nada más allá de saber sentarme derecha. No sé cómo estar en ninguna parte. Voy flotando a escasa distancia de mí misma. Paramos ante el cementerio. No tenemos flores, nada que ofrecer salvo nuestra presencia.

—Andate —dice mi amiga—, yo me ocupo de comprar flores.

Desaparece. Siento pánico sin ella. Su madre me rodea con un brazo, me conduce hasta la iglesia. Nunca he estado aquí, nunca he asistido a un funeral que no fuese el de mi abuela, nunca he puesto un pie en un cementerio que no fuese una atracción turística o un atajo. La capilla está helada. Hay apenas veinte personas dentro, esparcidas por los bancos. Qué poca gente, pienso. Esto no es suficiente. Me siento avergonzada en su nombre. Y luego me da vergüenza avergonzarme de él incluso en la muerte. El hijo de mi padre está envuelto en un abrigo grueso. Lleva la gorra de mi padre. La esposa de mi padre me

174

aprieta el brazo. Seis hombres traen su ataúd. Mi primo es uno de los portadores. No puedo mirar. Mi padre no puede estar en esa caja inestable, tambaleante. Él se negaría. Yo me niego. Aparto la mirada y el alarido me desgarra el pecho. Me entierro en los brazos de mi amiga. Ella y su madre arrojan sus cuerpos sobre el mío como mantas sobre un fuego. El hijo de mi padre está blanco, callado en el abrazo de su madre.

El féretro se desliza en una pared de bóvedas. El frío del aparcamiento me muerde los tobillos. Un viejo amigo de mi padre me abraza. Su abrigo es la cosa más suave que he tocado nunca. Apoyo la mejilla en su hombro. Su esposa me observa con ojos dulces.

—Naciste de un gran amor —me dice él—. Nunca he conocido a una pareja tan enamorada como tus padres —añade con su precioso abrigo negro.

Me pregunto qué se supone que tenemos que hacer ahora. Me pregunto si se supone que tengo que haber organizado algo, una recepción funeraria, una fiesta. La gente merodea bajo la luz dura y se sube a los coches, regresa a su vida y a sus largos fines de semana. Estoy entumecida por el frío. No está bien dejarlos marchar. Debería haber comida, bebida, un cierre, un encuentro. Pero no tengo sitio al que invitar a nadie. Me enturbia esa sensación tan familiar de que mi familia de aquí nunca hace las cosas como corresponde.

La madre de mi amiga llena ese vacío, como siempre. Extiende los brazos entre mis pálidos parientes y los invita a todos a casa. La esposa de mi padre y el hijo prefieren irse, reunirse el uno en los brazos del otro, en las habitaciones silenciosas de su casa. Les doy un beso y nos despedimos. Estoy aliviada por no tener que irme allí con ellos.

De pronto pienso que esa ya no es mi casa. Con mi padre han sido casa multitud de edificios, multitud de países. Esa palabra es como un apartamento vacío a la espera de que mi padre se instale. Y ahora él no está. Me he pasado la vida peregrinando a esta ciudad porque él estaba aquí. Pero ahora ya no está. Me pregunto si volveré. Me pregunto por qué iba a hacerlo. Para recorrer las ruinas, para enseñarles a mis hijos el exterior de todos los edificios a los que llamé casa.

Argentina es enorme, desastrosa, magnífica. Mi padre la despreciaba. Sentía nostalgia del orden inglés, del deber cívico, de la responsabilidad, y aunque echaba de menos todas esas cosas en su gobierno, sabía que su pueblo y él mismo eran incapaces de acatarlas. Sus hermanas y él chasqueaban la lengua y sacudían la cabeza ante el último escándalo político, ponían los ojos en blanco ante lo inevitable de todo aquello. Me pregunto si la decepción de mi padre con su país era la manera que él tenía de sentir sus propios intentos fracasados de estar a la altura de su potencial. Y es que mi padre es Argentina personificada: una nación reluciente de promesas y puesta de rodillas por su naturaleza corruptible y arrogante, desgarradoramente previsible.

Nos reunimos, mis tías y primos, en la casa familiar de mi amiga, ante una comida montada deprisa, vino, cerveza, todo comprado en tiendas de barrio. Bebemos en silencio, luego armamos jaleo. Los muchos hermanos de mi amiga se juntan y me ofrecen su cariño, sus condolencias. Las historias vuelan. Mi tía sonríe y jadea entre lágrimas. Había hablado con él unas horas antes. Mi primo, con quien viví en el piso de mis abuelos hace tantos años, comparte una aventura de la vida de mi padre tras otra. Me maravillo ante todo lo que sabe. Ha pasado más tiempo con él que yo, este sobrino, este hijo subrogado.

176

Al día siguiente camino por la ciudad a solas. Quiero estar sola. Quiero experimentarme a mí misma sola en la ciudad, sin hijos, sin padre, sin marido. Quiero sentir la ausencia de ataduras que estoy viviendo. Lloro y sonrío y lloro. Paseo hasta el barrio de mi padre. No quiero volver al interior de la casa. Me reúno con la esposa de mi padre y su hijo para almorzar en un restaurante. El hijo va a buscar a un camarero. Ella se vuelve hacia mí.

—No ha llorado —me dice—. Es duro como tu padre.

La agarro de la mano. Le digo que ya llorará. Todos encontraremos nuestra manera, de algún modo. Les cuento historias de mis hijos. Nos quedamos callados. A lo largo de los años hemos compartido muchas comidas juntos, solos, esperándolo a él, en hangares, en hospitales, abajo, oyéndolo trastear escaleras arriba. Ahora estamos en silencio. Me noto más delgada que nunca: este invierno podría rebanarme como una pera. Pago la cuenta. Le digo a la esposa que lo poco que quede de mi padre les pertenece a ella y a su hijo. Le digo, en voz baja, que ya he acabado con esto. Asiente, comprensiva.

Al día siguiente mi amiga y sus padres me llevan en coche al aeropuerto. Permanecemos en silencio. Mi amiga se seca los ojos mientras me abraza bajo un cartel enorme de una estrella de cine con lápiz de ojos y sombrero de vaquero.

—Vuelve pronto. Cuando estés lista. Aquí estaremos.

La casa tarda un año en venderse. La esposa de mi padre y su hijo siguen viviendo un año más en la misma casa en la que mi padre se cayó, con la tubería rota y la tercera planta en silencio. La casa se vende, por fin, y se mudan a un apartamento en el centro de la ciudad, pequeño pero bonito.

Aún no he vuelto.

Faro

Escribo y camino, escribo y camino. Escucho audiolibros mientras camino por los acantilados que se extienden junto al océano. Descubro que solo quiero que me hable Virginia Woolf. Escucho *Al faro*. Las olas de su prosa me bañan. Siento su añoranza por expresar la verdad de todo lo que puede contener un solo momento. La escucho invocar la ilusión, ese milagro de la simultaneidad, de lo que es estar viva, servir sopa, ser madre, oír el tamborileo de la guerra, sentir el presente convertirse en pasado como una telaraña que se te engancha en la cara al atravesar una puerta. Recorro el sendero que bordea la orilla y observo el tráfico, e imagino una barquita abriéndose paso hacia un faro inexistente, cargada con una familia rota.

La vida es esto, pienso. Es todas las cosas al mismo tiempo.

Antes decía que sentir el amor de mi padre era como sentir el amor de un faro: permanecía mucho tiempo a oscuras hasta que te deslumbraba el curso de su haz de luz oblicuo. Sin embargo, he acabado por darme cuenta de que yo era la que estaba fija, repasando el agua oscura en busca de alguien a quien salvar. Él era la embarcación anegada, a veces volcando, a veces a flote, que avanzaba lenta junto a la orilla, se ocultaba tras los cabos, se aventuraba en las profundidades, se iba a pique en todas las rocas. Creo que de niños nuestro trabajo es alejarnos de nuestros padres. Y su trabajo es permanecer fijos, permanecer constantes, al menos para nosotros. Mi padre solo era constante en su inconstancia. Yo era su faro. Y mi madre era mi roca.

Raras veces sueño con mi padre. Muerto me visita con la misma poca frecuencia que en vida. Un mes después de morirse sueño que me llama. No llego a tiempo al teléfono y me deja un mensaje. Su voz incorpórea cruje desde un contestador automático anticuado. Me dice que le dio pena tener que irse tan pronto y que si me importaría pagar la factura de su American Express. Me despierto riéndome a carcajadas.

Anoche soñé de nuevo con él. Llevaba años sin tener noticias suyas. Sueño que estoy en su ciudad por primera vez desde su muerte. Todo parece ajeno, extraño. Estoy sentada a la mesa de la cocina de su hermana, mi tía, mirando fuera, su jardín frondoso en el que, inexplicablemente, hay un horno y un fregadero. Mi tía charla a mi espalda, explicando las ventajas de su cocina selvática. Me siento vacía. Me pregunto cuánto tiempo queda para irme. Me pregunto por qué he vuelto. Y entonces, con esa inefable sencillez de los sueños, mi padre aparece a mi lado, sentado a la mesa de la cocina. Ahí está, sólido, un león a mi tacto. Me envuelve con el brazo y me acerca con suavidad a su amplio pecho. Mi cabeza se apoya en su camisa limpia, blanca y suave, una de sus camisas antiguas, de las buenas. Lo siento respirar, noto las tres iniciales diminutas tejidas que reposan sobre su corazón y que me presionan la mejilla. Inhalo su olor. Lloro mientras me abraza contra su cuerpo. Y entonces me despierto. Y entonces lloro de nuevo.

Esta noche hay eclipse con luna de sangre. Los niños ya están acostados. He leído, atendido, arropado, abastecido y negado. He acabado con ellos. Veo una serie de televisión en la cama. Es una serie en la que salgo yo. Todo el mundo está tratando de llegar al Planeta Rojo. Nadie sabe todavía cómo lograrlo. Se abre la puerta del dormitorio. Entra mi marido. Lleva unos prismáticos.

—Voy a enseñarles el eclipse a los niños. Yo me encargo de acostarlos cuando termine.

La puerta se cierra. Frunzo el ceño, chasqueo la lengua, me pregunto si debería ir a ver el eclipse. No no, pienso. Lo que quiero para mí es esto, no eso. Es él quien quiere eso. Él puede ocuparse de volver a meterlos en la cama cuando haya terminado, no voy a hacerlo yo, yo ya he acabado con ese tema. Satisfecha, me enrosco de nuevo en la cama, vuelvo a la pantalla. La puerta se abre otra vez. Mi hija está aquí, sin aliento, con un abrigo echado sobre el camisón. Tengo que ir, tengo que verlo. Suspiro. Juntas, con nuestros camisones blancos, subimos por el camino de acceso a la casa hasta el sitio en el que mi marido ha montado el telescopio. Mi hijo salta sobre un pie, luego sobre el otro. Tiembla de la emoción. Miro arriba, a la luna suave y crepuscular. Es de color naranja lechoso como un sol que se pone, como el Planeta Rojo. Nos mira desde arriba, ahí abajo, en nuestro camino. El telescopio responde apuntándola como un arma. Me inclino sobre él. Ahí está, un planeta rojo, solo que es la luna, nuestra luna, bañada en una puesta de sol. Ahí está, tan reconocible y tan desconocida. Un faro visto de cerca y de lejos. Ahí está, en lo más alto del camino de mi casa, no en mi pantalla, y aquí están mis hijos, dando saltitos, ahora ya en mis brazos, cálidos, hurgando. Y aquí está mi marido, que monta un telescopio en lo alto de un monte y no le importa la hora de dormir, solo le importa enseñarles cosas. Los llevamos de vuelta a la cama y están radiantes, los brazos repletos de amor, agradecidos.

Yo a lo mejor les habría enseñado a los niños una fotografía a la mañana siguiente. A lo mejor. Quizá les habría mostrado un artículo de prensa sobre lo que había ocurrido mientras los dejaba dormir. Pero esto yo no lo habría hecho. No se me habría ocurrido sacarlos de la cama, ponerles la imagen misma por delante. Yo sé estar a salvo, sé arropar, sé mantener el caos a raya. Aún estoy aprendiendo a bañarme en el suave tinte de una luna de sangre.

Este libro se terminó de imprimir
en mayo de 2025, cuarenta y cinco años
después de que el padre de la autora, Leónidas
(León) Walger, participara en las 24 Horas de Le Mans.
Su coche debió abandonar en la segunda hora debido a
una avería eléctrica. Este libro ha llevado bastante más
tiempo en ser vivido, pensado y escrito, pero muy
probablemente permanecerá en el tiempo y la
memoria muchas horas y años más.

MARIMONDA
MARIO ESCOBAR VELÁSQUEZ
POSFACIO DE JUAN CÁRDENAS

MUÑECA INFINITA

En el centro de esta novela se encuentra el efecto que la colonización humana de la selva tiene sobre el espacio natural y muy especialmente sobre una manada de marimondas o monos araña. Todo contado, en cierto modo, desde la mirada de un mono que ha terminado viviendo a medio camino entre los simios y los humanos. No es tanto una fábula como una novela desde la naturaleza sobre las consecuencias de la expansión humana en la que ciudad, campo y selva se establecen en el relato como un ecosistema en base a la dupla de civilización y barbarie. La escritura podría recordar a autores como Graciliano Ramos, Juan José Saer o incluso Horacio Quiroga.

Acompañamos esta novela con un posfacio del escritor Juan Cárdenas, que lleva a cabo un análisis de la escritura, el contexto y la tradición donde se engloba Escobar. Una narración que es una ventana abierta sobre una selva distante donde ocurre la vida, contada con un lenguaje muy consciente de sí mismo y que explora sus límites. Un escritor muy injustamente olvidado.

Historias
que
olvidé
contarte

Dorothy Gallagher

Traducción de
Regina López Muñoz

En este libro Dorothy Gallagher, de la que ya publicamos *De cómo recibí mi herencia* y *Extraños en la casa,* se mueve libre e intuitivamente entre el presente y el pasado para evocar el tiempo compartido con su marido, Ben Sonnenberg, y la vida de ella tras su muerte, en un presente atormentado al tiempo que reconfortado por el recuerdo de su pasado común.

En un tono coloquial, confidencial, sin pretensiones, habla de pequeñas cosas, como mudarse a un nuevo apartamento, cultivar tomates en la terraza, de los objetos impregnados con los recuerdos y del hábito de hablar con alguien que ya no está. Habla de sus dos perros y su gata. Su madre también está aquí, junto con los amigos y sus primeras andanzas como escritora. Las historias no podrían ser más corrientes y, sin embargo, su mirada irónica y profunda revela de forma extraordinaria la lógica y el misterio de la convivencia de una pareja. Su tono perfecto y su ojo infalible para el detalle componen este breve pero conmovedor texto sobre la pérdida irremediable y el amor interminable.

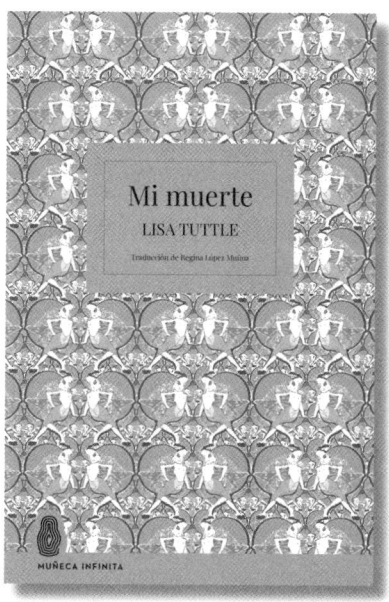

Mi muerte
LISA TUTTLE
Traducción de Regina López Muñoz

MUÑECA INFINITA

Entonces experimenté un auténtico arrebato proustiano, la certeza innegable de que el tiempo podía conquistarse. […] la revelación —tan destructora como creadora— de que el tiempo no es más que una ilusión.

La narradora de esta fascinante novela es una viuda reciente, una escritora a la deriva. No solo ha perdido a su marido, sino que su musa parece haberla abandonado por completo. Su agente la cita en Edimburgo para que le cuente sobre su próximo libro. ¿Qué le dirá? Enseguida se le ocurre la respuesta: escribirá la biografía de Helen Ralston, más conocida, si cabe, como la modelo del cuadro *Circe* de W. E. Logan. Ralston es una novelista y artista por derecho propio, cuyos escritos ya no se imprimen y su cuadro más radical, *Mi muerte,* se considera demasiado subversivo —incluso malévolo— para ser expuesto en público. A lo largo de los meses siguientes, Ralston se muestra asombrosamente cooperativa, incluso cuando su biógrafa descubre resonancias entre la historia de la anciana y la suya propia. ¿De quién es realmente la biografía que está escribiendo?

Una mirada feminista sobre el viejo tema de la musa y el artista. Una inquietante novela de una maestra contemporánea.

Aquella
tarde
Siân James
Traducción de
Esther Cruz Santaella

MUÑECA INFINITA

Ahora vuelve a ser mayo. Ha pasado justo un año desde aquella tarde en la que me encontré con Charlie a las puertas del teatro.

Vuelve a ser mayo. La tierra ha dado toda la vuelta alrededor del sol, girando y rotando e inclinándonos a lo largo de cuatro estaciones, con sus días y sus noches.

Puede que esta sea una sencilla historia de amor, pero una buena y sencilla historia de amor no es nada fácil de escribir. Esta es la de una mujer que empieza a reconstruir su vida tras enviudar a una edad temprana y tener que criar sola a sus tres hijas; que vive una historia de amor que tiene todas las probabilidades de ir a acabar mal, una relación compleja en una época cambiante, los setenta, en términos de roles sociales y de género. De hecho, lo que hace la novela verdaderamente radical es la firme convicción de que el cambio social puede y debe producirse, y la absoluta determinación de la protagonista de representar ese nuevo mundo.

Hay una energía, una crudeza y una honestidad muy destacables en su escritura, capaces de hacer que quienes la lean se interesen vivamente por estos personajes que aún hoy tienen mucho que decir sobre sobre la sociedad, el amor y la complejidad de la vida.

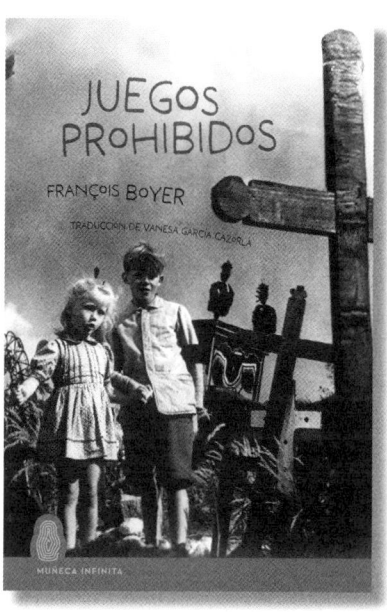

En julio de 1947 llegó a las librerías francesas una asombrosa ópera prima, completamente ajena a los cánones imperantes de la literatura de guerra de aquellos años, aunque el trasfondo sea la ocupación nazi. En *Juegos prohibidos,* el conflicto solo se refleja en los gestos salvajes y hoscos de una niña de nueve años, Paulette, a la que los bombardeos aéreos han dejado huérfana. Y en la gracia encantadora y los furores rabiosos de Michel, su compañero de juegos. Una obra política y romántica que no acaba siendo cínica. Contada con una intensidad desgarradora, esta novela es un profundo examen del idealismo, la identidad, el amor y la pérdida.

Paulette y Michel, abandonados a su suerte por adultos embrutecidos por el trabajo en el campo y por grotescos hombres de fe, afrontan juntos la inmensa tarea de asumir la muerte y el duelo de su infancia.

Ignorada por la crítica y los lectores, y superada después por el éxito de la adaptación cinematográfica de René Clément, esta novela destaca hoy más que nunca por la audacia de Boyer, por su mirada feroz, mordaz y compasiva. Un autor que supo retratar mejor que nadie lo que hace la guerra con la infancia.

DESPERTAR A LOS MUERTOS

Scott Spencer

Traducción de Ce Santiago

MUÑECA INFINITA

Fielding Pierce, un joven abogado y aspirante a político, cree que si planifica su vida cuidadosamente, avanza paso a paso y trabaja dentro del sistema conseguirá algún cambio. Su pareja, Sarah Williams, es una activista convencida de que el sistema solo puede cambiarse desde fuera y que trabajar dentro de él es una traición. Cuando Sarah muere en un atentado terrorista mientras ayuda a unos exiliados políticos chilenos, Fielding queda destrozado y se vuelve a concentrar en sus ambiciones profesionales. Años después, mientras se abre camino en la oficina del fiscal del distrito de Chicago, le ofrecen presentarse como candidato y seguro ganador al Congreso, y su ambición entra en conflicto con su moral. Abrumado por el recuerdo de Sarah, se cuestiona no solo sus ideales sino también su cordura, y se derrumba tras una especie de vértigo digno de Hitchcock.

Una obra política y romántica que no acaba siendo cínica. Contada con una intensidad desgarradora, esta novela es un profundo examen del idealismo, la identidad, el amor y la pérdida.

Uno de mis finales favoritos de toda la literatura estadounidense.

LORRIE MOORE